U0025859
Shin Hatsune
CONNECT
Hikari Takamiya
VOLUME. 4
在交友軟體上
與前任重逢了。
Reunited with my former lover on
a dating app

高宮光
Hikari Takamiya
跟翔在交友軟體上重逢的
前女友。

初音心
Shin Hatsune
翔的大學同學。為了改
變內向的個性，下定決
心註冊了交友軟體。

「那我們出發嘍。記得繫安全帶。」

「嗯。」

藤谷翔
Sho Fujigaya

用「阿祥」這個暱稱註冊交友軟體「Connect」的大學生。

一之瀨緣司
Enji Ichinose
翔的好友。跟楓是青梅竹馬，如今兩情相悅。
「那麼小田，我要繼續錄影了，別再打斷他們嘍。」
「好的……」
初音天
Sora Hatsune
心的妹妹。對接近自己姊姊的男性極度嚴苛的姊控。

珍貴的回憶。

「……我們要不要在一起？」
「……要嗎？」
「──咦？」
高宮用水汪汪的眼睛抬頭看著我，可愛得不像這個世界的生物，害我差點忍不住叫出來……

Contents

CONNECT

Reunited with my former lover on a dating app

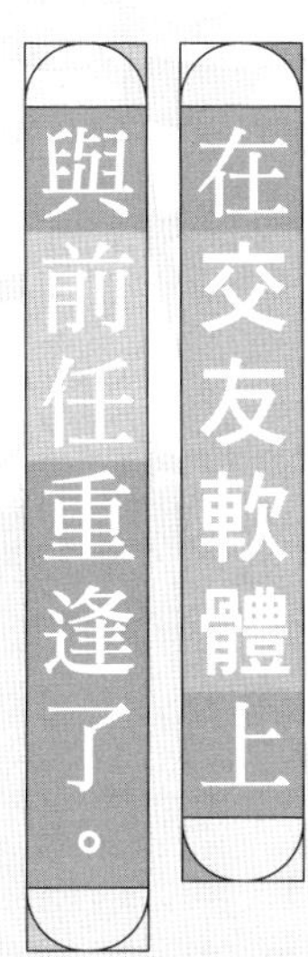

VOLUME.

4

ナナシまる Illustration 秋乃える

Kadokawa Fantastic Novels

序章　人可能會在不見面的期間改變心意。

轉蛋機跟交友軟體很像。我站在眾多轉蛋機的其中一臺前邊轉邊這麼想。

三宮中心街的購物中心裡面，有家種類豐富的轉蛋專賣店。

有迷你的食品樣本、當紅動畫的周邊商品、汽車模型，還有沒裝在圓形容器裡，直接拿鼠婦本體當轉蛋殼用的鼠婦轉蛋。

拿食品樣本當例子好了，在轉出來前，沒人知道會轉出什麼東西。

說不定是蛋包飯，說不定是拉麵，又說不定是咖哩。

可是內容物打從一開始就是固定的，那就是那臺轉蛋機的特色，或者說可能性。

交友軟體也是。在數不清的異性中對「想要了解的對象」按讚，然後認識對方，慢慢了解對方喜歡什麼、是什麼樣的個性，以及有著什麼樣的人生經歷。

我平常不太會玩轉蛋，可是現在離約好的時間還有一段空檔，我逛街逛到一半看到它，便決定玩玩看。

我轉的是心同學之前說跟我很像的貓咪角色的吊飾。

那隻貓好像叫做「踐臉貓」，長得一副很踐的樣子，還挺受歡迎的。

我花五百日圓轉了一次，得到穿圍裙拿托盤的服務生踐臉貓，走向會面地點——三宮站中央口前的Seben-Eleben。

每次轉轉蛋前都會有點想要，轉了之後又會頓時後悔為什麼要轉這個。

我跟五百日圓的踐臉服務生踐臉貓互瞪，真的搞不懂為什麼要轉它，一把將它塞進褲子口袋。

冷靜一想就知道，這筆錢是花在不曉得會轉到什麼的刺激感上，然而看到那張臉就實在按捺不住後悔的心情。

真虧光有辦法跟我這種踐臉男交往三年以上。我有點尊敬她，同時感到愧疚。

如果我更和藹可親一點就好了。不過笑咪咪的我也很噁心吧。

——下次一定要好好談談。

我們隔著房門約定過，離那個晚上過了一個月。

「心同學還沒來嗎……」

我在車站前等待約好要見面的對象，喃喃自語。

——從那天起，我和光就沒有見過面。

第一話 初戀往往難以忘懷。

感覺得到春天氣息的獨特微風拂過我的瀏海，露出底下目光銳利的雙眼。我就是不想跟國中一樣因為這對眼睛嚇到人，才用瀏海遮住，這陣風真是多管閒事。

只不過拜其所賜，我才看得見於空中飄舞的美麗櫻花花瓣，所以也不能全怪它。

上高中之後，如果不儘量跟其他人交流，讓他們知道我一點都不可怕，我又會變成獨行俠。

我並不討厭孤獨，可是如果不帶朋友到家裡玩，爺爺搞不好會跟國中時一樣擔心我，擅自跑到學校看我上課。我再也不想留下那麼羞恥的回憶了。還有，他那樣是非法入侵吧？

走到學校附近時，路上有好幾個穿著同樣制服的學生，其中可以零零落落確認到幾個人已經交到朋友了。

我自認不算特別怕生，但是我實在不好意思拿同校當理由跟別人搭話。

能辦到那種事的人，在正面意義上並不尋常吧？

尤其是我面前這位正在跟穿著同樣制服的女生搭話的女生。

「欸，妳也是新生對不對？我也跟妳一樣！一個人好緊張喔～不介意的話要不要跟我交個朋友？」

我能理解妳很緊張，可是一般人會突然找別人聊天嗎？

「咦？好高興。我也超緊張的～太好了，有人願意找我說話。」

另一個女生的社交能力也好強大。我不禁懷疑是不是我有問題。

我會不會就這樣變成邊緣人呢？

在那之前，得至少交到一兩個朋友……才一兩個而已，不成問題……大概。

「你在幹嘛？」

「咦……」

眼前的兩位少女困惑地看著我。開口呼喚我的那個女生還一臉把我當成可疑人士看待的樣子，有點刻意就是了。

「你從剛才就一直盯著我們看，是有話想說嗎？」

「沒有啊……」

「這樣啊。那可不可以別用下流的眼神看我們？」

她按住裙子，避免裙底風光被人看見，像在驅趕野貓似的對我甩手。

「亂、亂講！我才沒有在看那種地方！」

「好了啦，變態全都是這樣說的～」

「誰是變態啊！」

「在這個狀況下，除了你以外還有其他人嗎？」

「真令人火大……！」

「呵呵，開玩笑的啦。對不起喔，我只是想逗你一下。」

那個女生如同惡作劇成功的小孩，跟剛成為朋友的另一個女生邊走邊聊。

簡直就像一陣暴風耶。才突然出現在我面前，動搖我的心緒後又擅自離去。

我難得會為初次見面的人激動成這樣。不過我原本就不常與他人交流，好像也稱不上難得。據我推測，主要原因在於那個女生長得挺好看的。

情緒變化多端的眼神，讓人以為她在演戲。

是一雙靠眼神就能表達情緒的靈動大眼。然而不僅如此。

豐滿的上臂，以及跟纖細身軀形成反差的豐滿雙峰，散發出讓人不覺得是高中生的性感氣息。

我不可能對人一見鍾情，但是我確實有那麼一點心動。我加快腳步以免遲到，腦中殘留著她調侃我時的笑容。

開學典禮結束後，各班的學生分別回到教室。我並沒有刻意選擇遠離老家的高中，可是據我調查班上沒人跟我念同一個國中，所以我落單了。

再說就算有同一個國中的人，應該也不會跟我說話。

國中時期，我並不是找不到人說話，僅僅只會跟特定人物交流。全是點頭之交，即所謂的邊緣人。

原因在於我凶狠的眼神。不只同班同學，全校的學生都怕我，導致我半個朋友都交不到。

有人從我這個獨行俠後面用力撞過來。

「咚——！」

「唔喔！」

「嗨！」

本以為班上其實有跟我同一個國中的人，認出我而跑來撞我，國中時期是邊緣人的我卻毫無頭緒。

從後方衝撞我的鬥牛故作親暱地笑著打招呼，我差點產生不知不覺跟她成為朋友的錯覺。

「是妳這傢伙啊……」

「不要叫我『妳這傢伙』！我叫做光。高宮光！」

今天早上才剛罵過我變態的女生自報姓名，接著向我伸出雙手歪過頭，彷彿在叫我自我介紹。

「嗯。」

「幹嘛啦。」

「呃，好遲鈍。你呢？你叫做什麼名字？」

「藤谷翔。」

我說出名字，走向教室。姓高宮的女生也一副理所當然的態度，與我並肩而行。

她把我當成朋友對待，害我不知道該如何是好，粗魯的語氣和彆扭的個性變得更加明顯。這是我的壞習慣。

「真冷淡耶。好好相處嘛，都認識那麼久了。」

「我們今天早上才講過話好不好。」

「我跟其他人的親密度是零，不過跟你……跟藤谷同學的親密度好歹有一或二對吧？畢竟零和一差那麼多。我們可以說是實質上的死黨喔。」

「死黨的標準好低！」

當我嘆著氣想著自己大概被裝熟魔人盯上時，抵達教室看到座位表陷入絕望。

「妳怎麼坐我旁邊啦……」

「哈哈哈～看來我們可以成為好朋友呢。」

「我完全不這麼認為。」

「好冷淡！」

社交能力這麼強的人，會跟同樣善於社交的人交朋友。我正好相反，她對我的興趣肯定只是一時的。

她應該是喜歡看我的反應，所以只要無視她，照理說她就會玩膩，主動離開。

「欸，你是哪所國中的？」

我沒有回答。我知道自己明明想交朋友，行為卻很矛盾。

不過沒關係，我覺得我肯定沒辦法跟高宮相處融洽。

反正她最後也會害怕我，逐漸疏遠我。既然如此，不如一開始就不要當朋友。因為我害怕失去曾經得到的事物。

「欸，你是哪所國中的？」

高宮好像以為我沒聽見，重複同樣的問題。

「……」

我繼續無視她……

「欸，你是哪——」

「聽得見啦。我哪所國中跟妳有關係嗎？」

一直無視人家還是不太好。純粹是我不想引人注目，並非出於良心不安。

尤其高宮長得這麼漂亮，班上的男生都紅著臉注視著她。要是我被當成高宮的敵人，可能會與全班的男性為敵。

不斷提出同樣問題的高宮，以及不斷無視她的我。從旁看來，我給人的印象差到了極點。

這樣冷淡的個性，八成就是我交不到朋友的原因。雖然我很清楚，我不喜歡諂笑，不擅長跟人聊空泛的話題，也沒有想要學習這個技能的意願。

「你在踐什麼啦！」

「……！」

教室裡那些連點頭之交都稱不上的同學，紛紛往我和高宮看過來。結果還是變成這樣了啊……

「喂，不要突然這麼大聲啦……」

「抱歉……可是，別無視我啦。班上沒有跟我同國中的人，我好不安……」

「知道了……不嫌棄的話，那個，我、我可以陪妳聊天。」

所以，拜託不要用那種小動物般的眼神看我。在破口大罵後展現反差的一面……太犯規了。

「……果然。」

「果然什麼？」

剛生氣過，接著又不安地看著我，然後看起來很開心地微笑，她的表情真的變來變去。是情緒起伏激烈的類型嗎？我不是那種人，所以有點羨慕。

「我就覺得你看起來很溫柔。」

從來沒有人這樣說過我。

畢竟我眼神這麼凶狠，講話態度又差，我自已都覺得我跟溫柔兩個字扯不上關係，這還是第一次聽別人說。

「哪裡溫柔？我的外表還挺嚇人的……」

「雖然應該是無意識的，今天早上你看到櫻花花瓣笑了。當時的笑容很溫柔！」

高宮露出天真爛漫的笑容，宛如孩子回家後跟母親分享在學校發生的事情，然後接著說：

「而且，你還幫一個小學男生撿起他掉落的東西，特地跑去還他不是嗎？當時我在你後面。你嚇到那個小孩，有點好笑。我本來也想幫那個孩子撿起來，可是你完全沒有猶豫，我覺得好厲害。能夠在思考說不定會追不上、不想弄得滿身是汗、懶得跑步前採取行動，讓人覺得很值得敬佩。」

看到她這麼爽朗的笑容，我有點困擾。因為第一次有這麼可愛的女生對我露出那種笑容。

「咦？你害羞啦？」

「才沒有。」

「騙人～！你的臉有點紅喔？」

「才沒有。」

之後我被調戲到班導走進教室。

「早安，藤谷同學。」

開學典禮之後過了一個月左右。

最近高宮光這名少女每天早上都在校門口附近衝撞我，順便跟我道早。

「啊，喂，你別逃！」

受到衝撞之後，還會有下一波攻擊來襲。大多是低踢。高宮的缺點就是會使出全力來這招。

超越肌膚接觸等級的低踢，擁有從那雙纖細雙腿無法想像的威力。

我搞不懂自己為何要被踢，希望有人能告訴我。

「等一下！你為什麼要逃！」

「我怕痛！」

於是，我過著每天早上被追的日子，老實說超煩的。

「藤谷，你怎麼又在東逃西竄啊？你們的感情真的好好耶～」

跟我擦身而過的同班同學對正在被追的我這樣說。你哪隻眼睛看到我們感情好啊？

我很困擾耶……不過，我的嘴角不知何時勾起了微笑。

同班同學或許就是看到那抹笑容，才會以為我跟她玩得很開心。

因為我其實就是為了防止上揚的嘴角被看見，才會像這樣四處逃竄。

「討厭，終於追上你了……你未免跑太快了吧……」

「是妳太慢了吧？我的速度很普通。」

「我在稱讚你，你就坦率地接受嘛。」

「話說妳幹嘛動不動就要踹我啊？」

「因、因為……」

「因為？」

這傢伙為何要害羞地扭來扭去？

「沒有什麼特別的意思……」

「啥？這樣無法接受吧？」

「少囉嗦，還不都是因為你剛好在我方便踹的地方！」

「所以如果校長在那個位置，妳就會踢他嗎？」

「那、那不一樣好嗎！那、那是一種肌膚之親……」

「我跟妳說，肌膚之親是情侶、家人和朋友藉由互相碰觸增進情誼的意思。為什麼我們要增進情誼啊……我們只是一般的同班同學吧？」

聽見這句話，高宮的表情變得有點陰鬱。

其實我知道，卻裝傻想讓高宮說出那句話，真是沒用的男人。

竟然想藉此「確認」跟對方的關係。

「一般的同班同學嗎……」

高宮和我相遇之後已經過了一個月，每天上學都會說到話。

我在學校最親近的人就是高宮，高宮在學校應該也是最常跟我在一起。

用「一般的同班同學」一語帶過這段關係，她應該會受傷。換成是我就會。必須跟她道歉才行。

「對不起，我覺得……我們算是『感情還不錯』的朋友啦。」

仔細一想，說不定我在不知不覺間對高宮產生了興趣。不是一般的同班同學，也不是一般朋友。而是將她視為一名異性。

所以高宮的要求才會讓我這麼雀躍吧。

「那麼，ＬＩＮＥ。」

「ＬＩＮＥ……？」

「你懂吧……！加一下……啦。」

「喔……畢竟我們是朋友嘛。」

「沒錯。朋友互加ＬＩＮＥ很正常吧？」

高宮遞出智慧型手機，我掃描上面的ＱＲ碼，ＬＩＮＥ的好友名單多了一個人。

在家人和極少數的朋友中突然冒出的「光」，頭像是跟班上同學的合照，非常少女的個人頁面。我拚命忍著不要笑出來，用插在口袋裡的左手猛掐大腿。

『請多指教。』

當著我的面這樣傳訊息給我的高宮，嘴角好像也有點上揚，不知道是不是錯覺。

『藤谷同學，你有女朋友之類的對象嗎？』

即將迎接高中的第一個夏天時，高宮傳ＬＩＮＥ問我。我沒有女朋友。不如說從來沒交過。

而且，我也沒有喜歡過別人。

儘管如此，我搞不懂她問這個有什麼意圖。知道答案又能如何？

話說「女朋友之類的對象」是什麼？直接問「你有沒有女友」不行嗎？

『沒啊。』

『太好了！那麼，你願意的話……』

要是她叫我跟她交往怎麼辦——我沒有這樣想。絕對沒有。我沒那麼樂觀。

等了二十分鐘，她依然沒有傳來下文。

我是不是該主動回覆？但是她好像還有話要說，我又不知道該回什麼，該怎麼辦……在我輸入『然後呢？』準備按下傳送鍵的瞬間——

『這個星期日要不要去逛Outlet？我想添購夏裝，可是朋友全都要參加社團活動。你沒加入社團，所以我想問問你有沒有空。如果你有事也沒關係！真的！』

我點開附在訊息後面的網址，是神戶沿海大間Outlet的官網。

她那麼久沒回，該不會就是在找這個網站吧？還是在思考訊息內容？或者在猶豫要不要傳出去？

『下午我都有空。我也剛好想買幾件夏裝。』

其實我根本沒打算買夏裝，也沒考慮過要去Outlet買。

我的衣服大多是媽媽隨便幫我買來的，我對穿搭也沒興趣。

不過，她之前說過我差不多該自己買衣服了，Outlet不只衣服店，還有賣最近流行的珍珠奶茶跟我一星期會想吃一次的麥湯勞，我便產生了興趣。

而且那裡還位在海邊，明顯是適合約會的氣氛……因此我不禁起了想和高宮一起去的念頭。

我拿想買衣服當藉口，第一次跟高宮約好要在學校以外的地方見面。

我們在星期二晚上約好要一起逛街。星期二到星期日的這段時間，感覺比平常還要更加漫長。

什麼時候才要下課？什麼時候才要天亮？什麼時候星期日才要來？時間的流速明明與平常無異，卻過得特別慢。

是因為我在期待跟高宮去逛街嗎？

我在網路上搜尋「約會　常識」，查閱各種資料，得知我現在穿的衣服好像有點土，立刻採取行動。

「爺爺，我想買衣服……」

爺爺是唯一什麼事情都能商量的家庭成員。假如我說要跟女生出去玩，他可能會偷偷跟蹤，因此我死都不會講，不過我們同為男性，爺爺又說過他以前很夯，於是我決定拜託他。

「夯」這個形容詞挺俗的，但是我現在沒空嘲諷他。

「怎麼？交女朋友了？」

「才不是，朋友而已……」

語畢，我發現這樣講等於在承認對方是女生。爺爺大概是意識到這一點，咧嘴露出不符合年紀的雪白牙齒，帶著令人煩躁的燦爛笑容說：

「包在爺爺身上！」

要跟高宮出遊的前一天，我和爺爺一起去附近的冷清服飾店買衣服，結果獲得連不懂時尚的我都看得出來比原本的衣服更土的夏裝。

穿這樣赴約的話，不曉得明天高宮會怎麼想。

我煩惱著該如何是好，看到房間放著一個大紙袋跟全新的白色運動鞋。

「回來啦。」

「爸，這是你買的嗎？」

紙袋裡裝的是沒有圖案的白色素T和黑色休閒褲。儘管兩者都樸素到不行，可以降低被高宮覺得土的風險。

「不是我，是你媽買的。因為你今天突然說要去買衣服。」

「可是，這看起來不像媽媽平常會買的衣服……」

她買給我的衣服更……雖然講這樣不太好聽，應該屬於土氣的那種。因此今天我才會拜託爺爺陪我。

這套衣服卻是不至於帥氣，也不會被人嫌土的安全穿搭。

「啊～平常幫你挑衣服的是爺爺啦。爺爺跟你媽說你想買衣服，他說自己品味不好，請你媽幫你挑。他們應該什麼都沒講，所以就由我來告訴你了。記得去道謝喔。」

「謝謝爸，我會的。」

我跑下樓，呼喚在廚房煮晚餐且背對著我的媽媽。

「媽，謝謝妳買衣服給我。」

媽媽頭也不回地咕噥：「簡單最好。」

「爺爺。」

我不知道該怎麼跟在房間看報紙的爺爺道謝，這次他沒有任何調侃我的意思，只說了一句：「玩得開心啊。」

他的服裝品味明明那麼差，卻會做這種很酷的事。奶奶是不是就是迷上這一點呢？

「謝謝。」

然後星期日當天。

我第一次跟女生單獨出遊。還是被譽為全校最可愛女生的那個高宮光。

我真的夠格嗎？高宮和我不同很受歡迎，願意跟她一起出去的人應該多到數不清。儘管如此她還是選擇邀請我，我得加油才行……是要加什麼油啊？

——玩得開心啊。

我想起爺爺說的那句話。

沒錯，爺爺叫我玩得開心。「加油」這種說法，聽起來就像要跨越一道難關，然而並非如此。

我要跟高宮一起去逛街。

這肯定是一件值得高興的事。實際上從約好的那一天起，我就一直等不及這一天的到來。

我靠在跟她約好見面的垂水站前面的柱子上等待高宮。

不小心早到半小時，導致我等高宮等得心急難耐。五分、十分、十五分，遲遲等不到她出現。

然後離約定的時間過了幾分鐘後，我聽見匆匆的跑步聲，於是抬頭一看。

「對不起——！久等了——！」

她穿的不是制服，而是便服。

胸口處印著商標的樸素白色T恤，搭配輕薄的黑色膝上裙。

「啊……」

看見我的穿搭，高宮微笑著說：

「我們穿得……好像情侶裝喔……？」

顏色和材質都太相似了。

是因為雙方都想穿安全的衣服嗎？

高宮頻頻為遲到一事道歉，拿著小巧玲瓏的手拿鏡整理瀏海。

「唉呀～頭髮整理不好，花了點時間，我又沒看時鐘，真的對不起。」

「沒關係，我也才剛到。」

這是騙人的。

要是她知道我其實早到半小時，會覺得我很期待，因此我說了謊。我不好意思讓她知道我很期待。

「我是跑過來的，所以瀏海都亂掉了，虧我打扮得這麼可愛～我原本想展現最好的一面耶～……」

高宮本來可能只是想自言自語，話說出口後將鏡子放進口袋，挺直背脊用手臂遮住臉不讓我看到。她肯定是講完後才感到害羞。我之所以知道她在害羞，是因為聽見這句話的我也是同樣的心情。

我有點不好意思，也有點高興，決定假裝沒聽見，故作鎮定。

「畢竟沒人想被別人看見一頭亂髮嘛？」

高宮卻像在辯解似的重提這個話題，迫使我必須回應。

「是啊……不過，妳的氣質好像跟平常不太一樣，不如說，感覺還不錯……？」

「哦～感覺還不錯嗎……謝謝。」

「喔……」

啊啊，現在是怎樣。超難為情的。

希望這段令人心癢難耐的時間早點結束，可是又希望它永遠不要結束。

我們從車站走向Outlet，看見寬敞的停車場。穿過停車場之後，眼前並排停著好幾輛行動餐車，從那裡飄出的香氣害我想起自己肚子餓了。

我望向高宮，想要建議先吃午餐，發現她緊盯著賣日式炸雞塊的餐車看。

看到那宛如小孩子痴痴看著想要的玩具，彷彿會把人吸進去的陶醉眼神，不知為何我自然而然揚起嘴角。

「要吃嗎？」

「咦？不用啦，沒關係。等等就要去吃午餐了不是嗎？」

「可是妳看起來很想吃。」

高宮或許是有話想說，目光在餐車和我之間游移，舉止可疑。

「我怕你嚇到，所以不敢跟你說，其實我挺會吃的。大概比你想像的更會吃。」

「……嗯？那會怎樣嗎？」

「咦？食量比男生大的女生……不會招人反感嗎？通常都會嚇到吧，哈哈……」

「不會啊。吃得多是好事吧？我不會因為食量大或食量小就疏遠對方，又不是在根據食量篩選朋友。想吃就吃吧。一直聞到日式炸雞塊的香味，我也餓了。」

「太好了……我第一次跟男生單獨出來玩，不知道做那些事會被討厭……」

「高宮，妳坐這邊等我一下。」

「咦？」

我讓高宮坐到長椅上，跑向剛好沒人在排隊的那輛餐車。

「不好意思，請給我一份最大份的。」

「沒問題！」

我買了平常絕對不會買下，價值一千五百日圓的超大份日式炸雞塊，然後回到高宮身邊。

「拿去，儘管吃吧。吃不完的話我會負責吃掉。吃喜歡的東西有什麼好丟臉的？不用忍耐，做妳自己就好。」

簡單地說，我想要耍帥。

不否定高宮的任何一面，全盤接受她。我想證明我是個胸襟寬廣的男人。

我只是想逗有好感的女生開心。

這句臺詞有點做作，不如說非常做作，不過高宮似乎不怎麼在意的樣子，所以就這樣吧。

「謝謝……可是應該不會吃不完，如果你想吃，我們一起吃吧。」

「咦？這麼多的量，一個人通常吃不完吧……」

「是沒錯……不過這點量我完全沒問題。果然很嚇人嗎？」

「……才不會！」

我想增加她對我的好感度才這麼說，其實我嚇了一跳。

高宮真的轉眼間就吃完那些日式炸雞塊，面不改色地說：「接下來要去吃午餐對吧。」我便拿想喝喝看珍珠奶茶當藉口，讓高宮遠離餐廳。

要是真的直接去吃午餐，她吃太飽昏倒就糟了。

然而從未喝過珍珠奶茶的我並不知道，那種飲料一杯就挺有分量的。

「原來珍珠的口感這麼Ｑ彈，我第一次喝耶。」

「我還以為每個高中生都喝過。藤谷同學，你該不會是跟不上流行的那種人？」

「說不定喔。」

我沒有正面回答，但是我無疑就是那種人。

「不過我無法想像你平常就會喝珍珠奶茶的模樣。你感覺也不是很會用智慧型手機的樣子。」

「這樣講太失禮了吧？我還是會用智慧型手機。」

「可是你每次都要已讀好久才回ＬＩＮＥ耶？我以為你是打字速度慢。」

她大概是講完才意識到自己說錯話，嚷嚷著：「啊——珍珠奶茶好好喝——」試圖扯開話題。

也就是說，從我已讀到回覆的數分鐘間——不，搞不好是數十秒間。在稱得上一瞬間的這段空檔，她都在看著跟我的對話視窗。

無法確定是碰巧點開，還是一直開著那個視窗，等不及我回覆。

假設是碰巧，有必要點開尚未回覆，跟班上男生的聊天視窗嗎？

她點開聊天視窗的理由，我只想得到重看之前的訊息，以及確認我是否已讀。另外也有可能是不小心按到，不過聽她那樣說，大概不是只有一次，所以應該可以排除這個可能性。

「確實，我打字速度或許有點慢。尤其是傳訊息給妳的時候。」

「咦？為什麼是我？」

「沒什麼特別的理由。」

這是騙人的。

其實是因為我在送出訊息前，會檢查有沒有說不該說的話。

「話說妳也一樣要已讀好久才會回覆，妳打字才慢吧？」

「咦？朋友都說我打字超快的耶？……啊，呵呵。」

「不是啦，就……碰巧發現而已。」

高宮已讀後要很久才會回覆的理由，以及我那「碰巧發現而已」的爛藉口，事實再明顯不過。

對於按下送出鍵前會重新檢查已讀後絞盡腦汁打出來的訊息，在等待對方回覆的期間重看跟她的聊天紀錄的我來說，一眼就看得出來。

我們都在等待對方。想著對方怎麼還沒回覆，迫切地等待。

我懂了。推測於此刻轉為確信。

——這是我的初戀。

我們逛了幾間服飾店，最後什麼都沒買，坐在珍珠奶茶店前的椅子上。

其實我本來想藉此機會打扮一下，變得時尚一點，卻在看到標價牌的瞬間陷入絕望。原來衣服這麼貴。

藤谷家絕對稱不上有錢，也絕對不算窮，可是媽媽至今以來都只會買便宜貨給對衣服沒興趣的我，現在我很清楚原因了。雖然幫我挑的人似乎是爺爺。

這樣下去哪有辦法變時尚。

女生大多喜歡打扮，應該也有備有整套化妝品的人。高宮看起來沒有化妝，不過那肯定是素顏風的妝容。否則我無法接受她為何這麼漂亮，而且還沒有毛孔。

「我好像講什麼你都會接受，所以我就直說了。」

「……嗯？」

「其實我平常不會在Outlet買衣服，都是跟朋友一起去悉夢樂買。我想讓你覺得我很時尚，才會打腫臉充胖子，說要來Outlet。」

「……原來是這樣。」

不過悉夢樂是什麼？從上下文推測，是指平價的服飾店嗎？

「所以今天看到標價牌，我都快嚇死了。想說就算是Outlet，名牌的衣服原來這麼貴嗎！」

她都說想要打腫臉充胖子了，為什麼還要跟我坦承呢？

「可以不用特地跟我說吧？只要妳不講，就會給人會在這種地方買東西的時尚女孩印象。」

「是啊。可是我不想對你有所隱瞞。」

我也有同樣的想法。

我想跟她一直在一起，所以即使是一點小事，也不願意對她說謊。就算是小謊，之後也有可能變成難以啟齒的大謊，害我心中有愧。

「其實我也一樣。我平常根本不會買衣服，今天的衣服是我媽知道我要跟女生出去玩，幫我挑了套樸素點的。我平常都穿爺爺買的怪T恤……他之前買的衣服，上面的狗跟小學生畫的一樣醜，還用超級潦草的平假名字體寫著『貓咪』喔？我爺爺的服裝品味很恐怖吧？」

「哈哈哈，他好有趣！」

「即使是夏天，他也會因為在特價就買長袖的衣服回來，我告訴他這麼熱的天氣沒辦法穿長袖，想要換成短袖，他居然罵我防禦力會下降。誰會看防禦力選衣服啦！笑死我了！」

「好扯！真想看看你爺爺！哈哈哈哈！」

謝謝你，爺爺。你當時買的醜衣服，以這種形式派上用場了。雖然不是拿來穿，而是用來逗喜歡的女生笑。

結果我們特地跑來Outlet，卻只買了行動餐車的日式炸雞塊和珍珠奶茶。

可是，我很慶幸有來這一趟。

高宮用ＬＩＮＥ傳這裡的官網給我時我就在想，這個地方很有約會地點的感覺。能來這種地方真的太好了。拜其所賜，我們的感情變好了……不，不對。

重要的不是去哪裡，而是跟誰一起去吧。如果是跟高宮一起，想必去哪裡都會覺得很開心。

將來是否能跟她變得更要好呢？我如此期待。不過，學校正好在這個時間點開始放暑假。

放暑假等於見到高宮的機會就會變少。竟然會產生這種情緒，連我自己都覺得不對勁，但是我確實有點寂寞。

一般的同班同學，只有一起出去玩過一次的關係。我失去了上學這個可以見到高宮的藉口，開著跟她的聊天視窗，思考該如何是好。

『你的暑假作業寫得怎麼樣了？』

高宮彷彿知道我正在做什麼，挑在這時傳訊息過來，發生了瞬間已讀的意外。

不過別慌，這種事已經發生過好幾次。

『我剛好也想問妳一樣的問題。』

就當成巧合吧。

『我就知道（笑）』

看來勉強蒙混過去了。

既然是曾經一起在假日出遊的關係，傳個LINE再普遍不過，應該沒什麼好奇怪的才對。

『你數學很好對不對？』

高宮的問題令我感到困惑。

因為我不記得我跟高宮說過我數學好。不如說，數學算是我不擅長的科目。

我老實輸入『我數學挺爛的』，在按下傳送鍵的前一刻收到高宮的下一則訊息。

『我數學很爛，方便的話想請你教我，要不要來開讀書會？』

我刪光剛打好的訊息，重新輸入文字。

『交給我吧，我數學超好的。』

儘管我之前才決定不要虛張聲勢，唯有這件事真的沒辦法。畢竟這可以幫我製造在暑假跟高宮見面的藉口。

而且，只要我現在開始鑽研數學就好了。

『地點和時間呢？去店裡說不定會給店家造成困擾，要去圖書館嗎？我記得學校附近有一間。』

學生要在天氣炎熱的這個時期念書，有冷氣的圖書館應該是最適合的地點。我們都覺得學校附近的圖書館最適合，正好位在我和高宮家中間，不過……

『我查了一下，那裡太老舊，好像在改建。』

伴隨著這段訊息，她還附上圖書館官網的網址。如果不能去那間圖書館，有其他地方可以去嗎？

「怎麼？你想看書啊？」

正當我在搜尋附近哪裡有圖書館時，有著從後面偷看別人智慧型手機這種低級興趣的爺爺對我說。

「不是，朋友約我開讀書會，我在找適合的地方。話說爺爺，不要偷看別人的智慧型手機啦。」

「別氣成這樣。你這個年紀會看色色的影片很正常，我不會告訴你媽啦。」

「我才沒有看！」

爺爺愉悅地笑著，從冰箱裡拿出兩公升裝的可樂，直接對嘴喝。

我有時會懷疑，這個人真的已經是爺爺年紀了嗎？一般的爺爺不會對嘴喝可樂吧？大概啦。

「翔，在我們家開讀書會不就好了？」

「啥？在我們家？」

「圖書館閉館時間那麼早，如果你們念書念太晚，讓朋友直接住下來就行了。」

「呃，可是……」

爺爺八成萬萬想不到，我說的朋友是女生。

通常來說，高宮不可能在我家過夜；即使不過夜，應該也不會來我家。

「難道你那個朋友是假想朋友？」

他搗著嘴巴嘲笑我……氣死我了。

「不是！知道了啦，我問問看。要是我真的把人帶回家，你要跟我道歉！」

「啊——哈哈哈！前提是我看得見你的假想朋友！」

「啊啊，煩死了，閉嘴！你給我記住！」

話雖如此。

離我傳訊息跟高宮說『我去找找適合的場所』，已經過了三小時。

她回我她也會去找之後，我們就沒再傳過訊息。

突然告訴她「我的家人說妳可以來我家」，她會不會覺得我是找沒交往的女生到家裡的輕浮男？

而且這可是我家，高宮肯定會綁手綁腳。

不對，爺爺自不用說，跟任何人都能當朋友的高宮，肯定能和爸爸、媽媽還有奶奶相處融洽。不不不，就算是這樣，也不能突然邀人來家裡。

「可惡——不該跟爺爺放話的……」

我沒臉事到如今才說要收回前言。

假如這麼說，爺爺一定會繼續挑釁我。光是想像就覺得氣，那個臭老頭。

『我』。

我點開高宮傳來的只有「我」一個字的神祕訊息，滿腦子疑惑的同時思考該怎麼邀她來我家，大約三秒過後她就傳來下一則訊息。不愧是打字超快的高宮。

『我媽說要念書的話可以來我家，她大概以為對方是我的女性朋友才會這麼說，不是我主動問的喔。我覺得你應該不會想來，但是如果我們找不到其他地方，你又不介意來我家，我可以去問問看我媽，你覺得如何？真的不排斥再說喔？畢竟來我家或許會不太自在（笑）』

收到打字再快也不可能三秒鐘打完的訊息後，她馬上接著傳來：

『抱歉，上一則訊息是我傳錯。不小心按到了。』

ＬＩＮＥ在發送訊息後，必須在空白的對話框內再度輸入訊息才能送出。

也就是說，最有可能的是她複製了事先打好的內容，再貼上去送出。

她卻在發送「我」的三秒後傳來那麼多字。

刻意不直接在對話視窗內輸入文字的原因……是在檢查內文有無問題嗎？

高宮搬出稱不上理由的爛藉口，或許是怕被我發現。

她平常那麼強勢，其實有少根筋的一面，總覺得這個反差有點可愛。

『其實我也是，爺爺叫我帶妳回家。仔細一想，這個時期圖書館八成會有一堆學生，在家念書或許不錯。』

我開始覺得找藉口好蠢。雖然不敢直接將自己的心意傳達給高宮，好像也沒必要隱瞞，有種豁出去的感覺。

假設在圖書館遇到同班同學，開學肯定會釀成騷動。

高宮這麼受歡迎，即使只是被同校的學生看見，八成也會傳出緋聞。

『那就輪流到對方家開讀書會怎麼樣？』

『好啊，我去問家人。』

『我也是！』

看來今年夏天會有全新的體驗。

「藤谷同學，久等了。」

「嗨。」

我和高宮約在離我家最近的車站，路程約十五分鐘。

高宮穿著跟之前出去逛街時截然不同的服裝，是一件保守的清純連身裙。

「總覺得妳的氣質變得不太一樣。」

「是、是嗎？順便問一下，你喜歡哪種風格的衣服？」

「哪種風格……我不懂女裝……穿起來好看就行了吧？」

老實說，我心臟跳得超快。

換一套衣服，女生的氣質就會差這麼多嗎？不對，仔細一看，她也用麻花辮將頭髮固定在腦後。

我在電視上看過這種髮型。是叫做公主頭嗎？

雖然不太清楚，總之太棒了。

「我今天的穿搭好看嗎？」

「啊噫……好看……」

糟糕糟糕，「啊噫」是什麼鬼。我緊張到話都講不好了。給我振作點。

全都是因為我們離家裡越來越近。

想到等等要跟家人介紹高宮是我朋友……感覺會被調侃。尤其是爺爺。

我只有跟家人說要帶朋友回家，不過沒說是女孩子。正確地說是沒能講到最後，我真廢。

「到了。就是這裡。」

「哦～你住在這裡呀……」

高宮想必也跟我一樣緊張。要是我不保護她，爺爺肯定會對她問東問西。或者說其他人應該也會加入。

畢竟我從未邀請異性到家裡作客過……連朋友都沒邀過。

「高宮，進門後儘量躲在我後面。假如遇到我爺爺，我會幫妳擋著，趕快去我房間避難。」

「呵呵，你放心啦。而且還得跟大家好好打聲招呼，我想見你的家人。」

她明明很緊張，卻若無其事地這麼說，真想守護她一輩子……我在想什麼啊。

「我回來了。」

「打擾了。」

家人應該都在客廳。我事先提醒過儘量不要跟她有接觸，會給人家造成壓力，可是高宮一開口，全家人就急著從客廳探出身子。

「「「「你說的朋友是女生嗎！」」」」

「啊啊，糟透了……」

看到他們的反應比想像中更誇張，我扶著額頭。高宮微微鞠躬展露微笑，緊接著遞出手中的紙袋。

「打擾了。我是跟藤谷同學同班的高宮光。不嫌棄的話，這個給大家一起吃。」

完美的問候令全家人目瞪口呆。

「翔居然交到這麼有禮貌的朋友……」

喂，老爸，這句話是什麼意思？

「哎呀，這孩子真可愛。」

對吧，奶奶。

「是女生——！翔帶女生回家了——！」

吵死了，爺爺，閉嘴，好丟臉。

藤谷一家果然跟我猜的一樣，反應激動……咦？媽媽跑哪裡去了——

「好可愛——！」

在大吵大鬧的家人中，看不見媽媽的身影。我才剛覺得奇怪，她就瞬間移動到高宮面前，眼冒愛心。

「啊、哈哈哈……」

「這孩子是怎樣，超級我的菜！有夠可愛——！」

看來美少女高宮命中了媽媽的喜好。

媽媽從以前就超喜歡可愛的東西，主要是可愛的女生，但是我還是第一次看到她對初次見面的人這麼著迷。

「媽媽，高宮很困擾。」

「沒關係啦，藤谷同學。伯母說我可愛，我很高興。」

「怎麼這麼乖——！妳該不會在跟翔交往吧！」

「並、並沒有！」「沒、沒有啦！」

「「「……哦～」」」

為什麼大家的反應都一樣啊？

想說什麼就說啊。

「可以叫妳小光嗎？」

「當然可以。」

「妳叫我媽媽就好～」

「啊，好的，媽媽。」

我意識到她們口中的「媽媽」，大概分別是「婆婆」跟「藤谷媽媽」的意思。

媽媽或許是看中高宮，在圖謀不軌。

「然後啊，妳在這個家用姓氏叫翔，全家人都會以為妳在叫他們。」

「是、是……？」

「所以可以請妳用名字叫翔嗎？」

「媽，妳不要雞婆啦。妳這樣會害高宮不知所措吧？」

媽，謝謝妳。

有個雞婆的媽媽真好。

「翔……翔同學。」

「喔……喔。」

「啊～哈哈哈！翔害羞嘍！」

「吵死了，爺爺！我才沒害羞！總之！我們要去房間念書，別來打擾我們！」

我正準備走上二樓，爺爺就用只有我聽得見的音量悄聲說：

「爺爺會幫你把大家帶出去，記得戴套啊。」

這個色老頭在跟還在念高中的孫子講什麼鬼話啊。再說我又沒有那個東西。

「爺爺，我和她真的沒有在交往。不要亂幫我們安排機會。」

「知道了、知道了～」

知道的人才不會這樣講話。

「抱歉，高宮。我沒想到大家會鬧成這樣。」

我邊爬樓梯邊說，高宮臉上漾起真心的微笑。

「不會啦，你的家人看起來人都很好，我滿慶幸的。希望能跟大家打好關係。」

「不用跟他們打好關係啦。你們又不會常見面。」

「是嗎？說不定我以後還會來你家呀？你想嘛……我和翔同學，感情那麼好。」

她用名字叫我，導致我雀躍不已，同時為了避免變燙的臉頰被看見，我將視線移回前方。

倘若某一天我和高宮交往，不管是她來我家還是我去她家，應該都有可能。

前提是我們真的交往了。

不只暑假期間，連放學路上和假日都在一起……

「說得、也是。我們在學校也一直在一起，我認為妳是最聊得來的對象……」

「我也有、同感。」

我們站在房門外，冷氣吹不到的二樓走廊上交談，身體開始發熱。從高宮的脖子滴落的汗珠有點性感，害我目光游移。

「話說我們進房間吧，好熱喔。」

「嗯。」

一打開房門，裡面充滿涼爽的空氣。我在高宮來之前就開冷氣了。當然不只冷氣。儘管我平常就會打掃，我依然檢查了好幾次有沒有不乾淨的地方。

「看妳要坐床上還是坐和室椅都可以。」

「嗯，謝謝。」

高宮果斷坐到和室椅上，從肩背包裡取出課本跟暑假作業。

班上女生在房間裡的非日常感，使得心臟開始怦通狂跳，明明再三檢查過，還是擔心有沒有沒打掃乾淨的地方。

用了吸塵器，也清了垃圾桶，還把床單重鋪一遍。當然沒打算用到床就是了。

「我去拿飲料。應該有麥茶和可樂，妳要喝哪一種？」

可樂是爺爺的就是了。

「麥茶。謝謝你。」

「OK～等我一下。」

我走出房間。明明不是憋氣到現在，卻覺得很久沒吸到空氣，做了一次深呼吸。

超乎想像。在自己的房間跟女生兩人獨處，超乎我想像的緊張。

我們不只一次在教室兩人獨處，也曾經單獨約出去玩過。

「兩人獨處」這個狀況，理應不會讓我特別緊張才對。

在平常睡覺、念書、休息的房間，和高宮兩人獨處。

在跟教室比起來狹小許多，只有三坪的房間，和高宮兩人獨處。

這樣當然會緊張。

我怎麼會覺得有辦法在這個環境念書呢？肯定半個字都看不進去。

「咦？翔，你在做什麼？」

「啊，媽。」

我坐在樓梯最上層冥想，媽媽用托盤端著飲料，把我當成可疑人士看待。

「我拿飲料過來了，都喝麥茶行嗎？」

「嗯，謝謝……」

托盤上放著兩個杯子。我連同托盤一起從媽媽手中接過，轉身走向房間。然而，母親果然能敏銳察覺小孩的變化。

「你喜歡小光嗎？」

「沒啊……」

我活到現在，曾經成功騙過媽媽嗎？我的想法無時無刻不被她輕易看穿。

我也知道她看得出來，可是要跟媽媽聊自己喜歡的人太難為情，我做不到。

「這樣啊……不過小光那麼可愛，不快點採取行動，搞不好會被別人搶走喔？」

我明明沒有肯定，果然被看穿了。

「這點小事……我很清楚啦。」

「而且那麼可愛的女生嫁進我們家，媽媽會很高興，不准你放走她喔。」

「哈哈，什麼鬼啦。妳未免太急了吧？」

笑了一下讓我稍微沒那麼緊張了。媽媽用力往這個狀態的我背上打下去。

「好痛！」

「要玩得開心喔。」

「用不著打我吧……！」

「我在幫你打氣！」

我確實因為背部隱隱作痛的關係，產生了一些其他情緒，緊張得以緩解。

我向走回客廳的媽媽背影道謝，並且回到房間。

「久等了……」

一打開房門，不久前還坐在和室椅上的高宮，如今並不在那裡。我房間那麼小，一眼就看得到她在哪裡。應該說走進房間的瞬間就看到了。

高宮趴在床上，轉頭跟我四目相交。

「啊。」

她愣了一下，紅著臉拚命開始辯解。

「誤、誤會！我只是寫作業寫得有點累！你剛才說我可以坐床上，我想說坐床上跟趴床上差不多！對、對不起喔！」

高宮聲稱她寫作業寫到累了，書桌上的作業卻連第一頁都還沒翻開。

我發現她在找藉口，擅自想像高宮說不定是為了其他目的，才把臉埋在我床上，感覺到臉頰發燙。儘管我並沒有打算用到床，幸好有用芳香噴霧噴床單……

虧媽媽還特地幫我緩解緊張，結果我直到最後都沒碰作業。

暑假結束後，又要回到一如往常的高中生活。

籃球社的佐野在我們沒見面的一個月期間曬得超級黑，班上同學都在笑認不出是誰。原本是乖乖牌型的影山同學不僅把眼鏡換成隱形眼鏡，還變得會打扮了，在班上蔚為話題。

不只佐野和影山。

應該是因為超過一個月不見，使得一直存在的微小變化累積起來，讓人覺得是巨大的變化。

我也不例外。話雖如此，其實只有稍微曬黑而已。

「高宮是不是變可愛了啊？」

這句話出自棒球社的男生口中。他正在通常我不會聽見的距離，跟另一位棒球社員聊天，然而不知為何，只有他們提到「高宮」兩字時，我的聽力變得特別好，聽得一清二楚。

「是不是有喜歡的人了？」

「真假，我想追她耶。」

「不曉得是什麼樣的男生。」

「肯定是跟韓星一樣的帥哥，髮型是中分頭，瀏海會像這樣……捲捲的。」

「我想也是～畢竟對方可是那個高宮的男朋友嘛，八成是那個類型。眼睛應該也閃亮亮的。」

「我也去梳成中分頭，是不是就能跟高宮交往啊？」

「不可能、不可能。話說我今天梳中分頭，瀏海也捲捲的，搞不好有希望？」

「有喔。去跟她告白啦。」

「開玩笑的啦！只會白白丟臉吧？」

我看著窗外假裝漠不關心，豎起耳朵。

由於暑假期間我們還是照常見面，我完全沒發現高宮的變化，她變可愛了嗎？

假如是這樣，代表原因在長時間跟她相處的我身上嘍……？

不不不，少自戀了。

話說棒球社的兩位同學，你們都是光頭吧？

「藤谷同學，早安。」

「喔，早安。」

覺得她有點變可愛的，或許不只棒球社的兩個人。高宮一跟我打招呼，幾乎所有男生都往我這邊猛盯。

「好久不見。」

「也沒有多久吧？我們三天前不是還在妳家念書……」

我沒能察覺高宮的用意，不小心說溜嘴，感受到眾人銳利的視線。

「你就這樣說出來啦？你不介意的話，我是無所謂。」

她留下這句話，走出教室。

推測應該是去找別班的朋友。而我就在這個情況下獨留在教室。嗯——這個狀況很不妙。

「喂藤谷怎麼回事給我說明一下！」

曬成黑人的佐野說。

「「你和高宮在交往嗎！」」

棒球社二人組哭著詢問我。

「不，從高宮的反應來看，是雙向單戀，好火熱！比夏天還火熱！」

我從來沒跟這個男生說過話。甚至不知道他叫什麼名字。

這些傢伙是怎樣？靠得好近，汗臭味好重。

「沒有啦！離我遠一點！」

話說高宮，「你不介意的話，我是無所謂」是什麼意思啊？

在我心裡留下一團迷霧、不知道跑去那裡的高宮，之後跟我一樣被班上女生包圍，召開審問大會。

暑假結束後，天氣酷熱且盼不得快點結束的夏天轉眼間步入尾聲。

明明那麼希望夏天快點過去，夏天一過接著就是寒冷的季節來臨，又會希望快點回暖，真是強人所難。

時間來到再過不久讓人依依不捨的夏天就會結束的九月。我和高宮因為開學日的那起事件，變成會被班上同學調侃的關係。

之前完全不會講到話的男生對我說「我會支持你」、「沒想到會輸給藤谷……加油啊」，我過著困惑地點頭致意的每一天。

「校慶我們班決定演出《羅密歐與茱麗葉》。」

我和高宮被班上的人算計，一個演羅密歐，一個演茱麗葉。

老實說我很高興能跟高宮一起做些什麼。只不過偏偏是演戲。而且還是最引人注目的主角。

我不可能做得到。話雖如此，假如把這個角色拱手讓人，就得看高宮跟別人演羅密歐與茱麗葉。

沒想到我似乎是會嫉妒的類型。

「好啦，我演就是了……」

其實不想演，其實想要演。我懷著複雜的心情，決定演出羅密歐。

「一起加油吧，藤谷同學。」

「嗯。」

先從記臺詞開始，接受戲劇社的指導。還得做發聲練習，戲劇社的人聽見我抱怨「做這種事有意義嗎？」，花了一小時告訴我發聲練習有多重要，於是我現在知道它的重要性，並且學到最好再也不要抱怨。

為了縫製戲服，我被裁縫社的三位女社員包圍測量各種尺寸，超癢的。

我都要測量身形了，高宮當然也不例外。透過布簾看見她脫下制服的身影時，真不知道我有多困擾。

我們在家政教室測量身形，裡面有裁縫社的三位女社員、高宮，以及在布簾後面等待的我。

我就不說是哪裡困擾了，明明接下來就要被人摸遍全身測量尺寸，有個部位卻不聽使喚。

班上的人總是排演完就立刻回去，留下我和高宮兩個人。

我們一起走到車站的頻率增加，經常繞去回家途中會經過的公園休息。

在還有點熱的九月跟有點變冷的十月，我們一定都會買罐裝水果風味汽水來喝。

在公園旁邊的自動販賣機買來的汽水喝完前的這一小時，我們會拿喝飲料休息一下當藉口，製造相處的時間。

這時候，老實說我已經很清楚了。

我和高宮是兩情相悅。

我們都一樣，所以明明完全不會累，還是愛拿走得好累、練習好累、口渴了當藉口，繞到這座公園休息。

其實只是想跟對方相處得久一點。

對話內容也全是無意義的閒聊，無關緊要。尤其是我們應該都已經察覺到對方的心意，不好意思多做什麼。

不想再當普通朋友，卻害怕破壞現在的關係，不敢踏出一步。

我們維持這個狀態，度過一天又一天。

每天都想著明天一定要說出口，結果還沒告白就到了校慶當日。

多虧大家努力練習，表演圓滿落幕。

大概是拜高宮的美貌所賜，畢竟我們演的話劇質感稱不上特別好，連外校都有一堆男學生跑來看，盛況空前。

我和高宮兩人一起逛校慶時，各年級的男生都來跟她搭訕，好幾次我都擔心高宮被人帶走。

不過，現在不是擔心這個的時候。

我今天一定要告白。多虧告白的緊張感遠遠凌駕上臺演戲，我才能跨越難關。否則她真的會被其他人追走。

去吧，去跟她告白——想著想著，校慶就結束了，同學們一如往常先行離開，留下我和高宮兩個人。

如果要在今天告白，機會只剩下回去的路上。不對，沒有如果，今天就要告白。

「藤谷同學，今天也一起回家吧。」

「嗯。」

校慶日的回家路上，常去的那座公園。

我們在附近的自動販賣機買了罐裝果汁風味汽水，一起坐在長椅上。

「高宮……」

「怎麼了……？」

不曉得是不是錯覺，高宮好像也比平常緊張一些，或許是感覺到我的緊張了。

畢竟我等於在明言我準備跟她告白。

「那個啊……」

「嗯……」

就是，那個——唉喲，嗯。唔——嗯。

怎麼會這樣，超緊張的！

我不停在內心跟自己說話。

該說話的是實際上的嘴巴才對吧？快說啊，我這個懦夫。可是該怎麼說才好？簡單地說「請妳跟我交往」嗎？呃，這麼熟了還用敬語跟人家說話，有夠難為情。還是「跟我交往吧」？不過交往一詞就讓人好緊張。我活到現在從來沒說過。

「藤谷同學……？」

高宮抓住獨自苦思的我的袖子，抬頭仰望我。

她明明沒有哭，眼睛卻閃閃發光。看到這種表情，話語自然而然脫口而出。

「……我們要不要在一起？」

搞砸了。

這句話超沒有男子氣概。從來沒在電視劇或電影裡面看過有人用問句告白。怎麼辦？該如何挽救？再說還有機會挽救嗎？那句話肯定讓高宮失望透頂——

「……要嗎？」

「——咦？」

高宮用水汪汪的眼睛抬頭看著我，可愛得不像這個世界的生物，害我差點忍不住叫出來……

「『咦』是什麼意思！幹嘛那麼意外！當然是要啊！我一直在等耶！我甚至開始擔心是不是我單相思！啊——太好了——！是兩情相悅——！我放心得快哭了～！」

高宮就像復活似的，將所有情緒訴諸言語。

我看了深深體會到我們真的很合得來，不禁揚起嘴角。什麼嘛，我們的想法真的一模一樣耶。

「哈哈哈，我也快哭了！」

「可以哭啊。我這個女朋友會幫你把眼淚統統擦乾。」

「我才不會哭，是我要幫妳擦眼淚。因為我是妳的男朋友。」

十一月三日，我們為情侶這個身分興奮不已。

我，以及我們，想必永遠不會忘記這一天。

第二話　害怕受傷怎麼談戀愛。

——下次一定要好好談談。

跟光隔著門對話的隔天，我按照慣例去咖啡廳打工。

每個星期日我都會排班，昨天的非日常感卻揮之不去。

我遠遠看著跟還沒走出情緒的我不同，面帶笑容工作的緣司，田中用手肘輕輕戳了戳我的側腹。

「你在發什麼呆啊？」

「喔，抱歉。我馬上去工作。」

「不是啦，我是問你為什麼在發呆，不是要叫你道歉、回去工作。前輩，你今天一直心不在焉耶？假如你不嫌棄，我可以陪你聊聊。」

那就別用手肘撞我。我會以為妳在生氣。

不久前的田中應該會嗆我：「請你快點去工作。跟偷懶的你領同樣的時薪，令我非常不愉快。」可是她最近變得對我比較溫柔了。雖然會用手肘撞我就是了。

「沒有啦，沒什麼……」

「昨天你跟姊姊見面了對吧？」

「咦？」

「你以為我什麼都不知道嗎？」

「難道妳現在還是會監視我嗎？」

「並沒有。因為……我知道你是個好人。」

「別講這種不符合妳形象的話。感覺好奇怪。」

「我討厭你這一點。」

「咦？哪一點？」

「不告訴你。」

田中扔下這句話，跑去送餐了。

離開前，她轉頭看了我一眼，吐舌頭對我比鬼臉。那傢伙在生什麼氣啊。

「小翔，你最近跟小田關係變好了耶。」

跟田中擦身而過，剛送完餐回來的緣司微笑著說。

「你看到剛才那個畫面，怎麼會覺得我們關係好啊？我們的關係超級惡劣。好啦，跟之前比起來或許變好了一點。」

「我倒覺得小田的那個是親暱的表現～她跟我相處時更有距離感喔？身為心電感應者的我認為，能用本性對待一個人，代表她對你頗有好感。」

「你也開始自稱心電感應者啦。」

「有意見嗎？」

「沒有。」

「而我這個心電感應者，想麻煩你一件事。」

緣司拉著我的手走進廚房。別上演「拉著對方的手強行拽走」這種戀愛喜劇裡會出現的橋段啦。

我的女主角緣司蹲在外場看不見的廚房角落，拿出智慧型手機。

「喂，現在是上班時間耶。」

「放心、放心，今天那麼閒。比起上班，畢業後我想進一家公司工作，明天開始要去那裡短期實習。」

「哦～是哪家公司？」

緣司微笑著開啟某家公司的網站。我悠哉地心想：「是菁英系的ＩＴ企業耶～」結果看見熟悉的商標。

「咦，Connect的公司嗎！」

「沒錯！這次我想試著當經營方。」

還以為緣司使用Connect的原因，肯定只是為了忘記楓小姐，原來他其實對這一行有興趣啊。

「認識你之後我就在想，我好像滿喜歡幫別人的戀愛牽線。我也考慮過婚姻諮商所，可是我畢竟跟它有緣，還是對Connect比較有興趣。」

「你還真偉大。」

我對將來沒有任何打算。

看到緣司開心地談論未來，總覺得自己好沒用。我將來想要做些什麼呢？

我沒有想做的事，總之先去念大學，隨便找家不錯的公司上班，能過著平凡的生活就好。

只不過，倘若我那平凡的人生中，有緣司、心同學、楓小姐、田中……以及光的存在，光這樣應該就足夠幸福了。

「然後啊，我問了實習期間實際會做什麼樣的工作，有個挺有趣的案子。」

「……嗯？」

「對配對成功後的一對情侶進行貼身採訪的企畫！」

「你該不會……」

「看來你已經懂了，這麼有效率真好。」

我走出廚房，想從面帶笑容、心懷不軌的緣司手下逃離，他立刻就按住我的雙肩，把我抓回來。

「我想請你讓我採訪。」

「開什麼玩笑。為什麼是我。」

「我都跟公司的人說朋友答應了。」

「不准擅自決定！我又沒有透過Connect跟人在一起！」

「唉喲，跟小光或初音同學裝成戀人就好嘛。」

「你好隨便，想用假情侶當採訪對象嗎？被發現就糟了。」

「在我眼中，你和那兩個人都頗像情侶的喔？總之暑假的這一個月期間，希望你可以找她們約會幾次，當天讓我跟在旁邊。」

「等一下，就算我退一百萬步願意讓你貼身採訪，你連約會都要跟來嗎？」

「那還用說！啊，所以貼身採訪沒問題嘍？謝謝。」

「我才沒有這麼說！」

而且，現在我沒辦法主動約光出來見面。因為我要等她聯絡我。

——我會聯絡你，所以現在……

啊啊，又想起昨天發生的事了。

僅僅是默默等待，也會有種難以形容的煩悶心情盤踞在心中，好不舒服。

「我目前不能見光。而且心同學也不可能答應這種要求吧？因為她怕生。」

「你們兩個怎麼偷偷摸摸地在打混呢？」

似乎送完餐回來的田中氣勢洶洶地俯視我們。緣司不知何時已經將智慧型手機收回口袋裡。

「小田，我沒有喔？是小翔說要偷吃，硬把我拖來……」

「最好是啦！對了，緣司，田中怎麼樣？反正都是裝的，對象是誰都沒差吧？」

而且田中最近對我變得比較溫柔，現在說不定可行。

「你嘴上在抱怨，其實還是願意幫忙嘛。不過，她未必會答應喔——？」

糟糕，不小心答應了。

連他是從何時開始算計我都不知道，不愧是心電感應者。

「你們在說什麼啊？」

我把緣司的請求告訴田中，再提出剛才的建議。

她嘆了一口氣。

「我拒絕。」

「看吧？」

「要我跟前輩假扮情侶一個月？這是哪來的拷問啊？而且我又沒在用Connect。」

說這個叫拷問會不會太過分了？

「啊，原來如此。首先基本條件就不符合了。不過要講基本條件的話，我並沒有女朋友耶……」

「如果是前輩和姊姊，看起來應該挺像一對情侶吧？」

「咦……」

之前她才說過我配不上心同學，我的評價什麼時候提升了？

「小田果然也這樣想吧。那麼小翔，小光或初音同學，你找一個拜託吧。」

找一個……

不管找哪一個，我的選擇都會被緣司知道，還會被寫成報導，他也知道我和光目前的狀況。既然如此——

「我去拜託心同學看看。」

我又逃走了。

我現在必須見的、想要見的人，明明就是光。

雖說如此，我們現在確實不是能幫上緣司這個忙的關係。

聽見我的選擇，緣司和田中瞪大眼睛。

「是初音同學啊。」

「是姊姊啊。」

「幹嘛啦。」

「沒有啊。」

「沒有呀。」

我丟下欲言又止的兩人跑去送餐。

只要我拜託她，心同學肯定願意幫忙。

光又是如何呢？

之後來到星期一中午，雖然不像往常一樣跟心同學約好在食堂見面，我們還是一起吃午餐。

我找到用不著事先聯絡，也會自動出現在那裡的心同學，坐到她對面。

「午安，心同學。」

「午安，翔同學。」

前陣子去過光的家之後，我們的話都變少了。

我不是覺得跟她在一起會尷尬，不過我們應該都感覺到，這個氣氛顯然不適合開心聊天。

心同學不清楚我跟光的談話內容。她沒問，我也沒打算說。

光大概也不想被人知道。我只有告訴心同學光近期會聯絡我。

我也不知道心同學和光的談話內容。她似乎同樣察覺到了什麼，我們沒有明言，卻營造出一種現在就是要等光主動聯絡的氣氛。

正因為明白彼此都有所隱瞞，平常愉快的午餐時間，氣氛才讓人覺得格外沉重。

假如這種時候緣司在場，肯定會好一點。對了，得告訴她緣司想請她幫忙。

仔細一想，跟光處得尷尬自不用說，我和心同學也處在有點尷尬的狀況，不太方便拜託這種事。

緣司搞不好已經看穿一切，才會提出這種要求，讓我無處可逃。

從他的個性推測，可能性極高。

先不論緣司是否有那個意圖，我必須告訴心同學。

都已經不小心答應緣司了，不能一直害怕變化。

倘若我不想辦法改變，見到光之後八成又會跟以前一樣，因為微不足道的理由鬧翻，想著明天道歉就好，等到下星期也行，不如等對方聯絡我再說，像這樣逃避現實，沒有任何成長。

不能只是默默等待光主動聯絡。

在跟她見面之前，變成我會喜歡的自己吧。如果是我理想中的自己，不會在這種時候逃避。

「翔同學？蛋包飯不好吃嗎？」

「咦，好吃啊。」

「你的表情好嚴肅。」

「啊……對不起。」

「不用道歉呀？」

看到心同學面露苦笑，我為缺乏幽默感的自己感到失望。換成緣司，應該能隨口開個玩笑，讓她的笑容轉為正面意義的微笑吧。

我視為理想的，是緣司和光那種活潑開朗，跟誰都能和睦相處的類型。

我很羨慕緣司和光那種總是被朋友包圍，人生看起來充實快樂的人。

不過，如果我是緣司那種和藹可親的人，這種反差反而會正負得負，很噁心吧。我畫地自限，不肯作出改變。

「心同學為什麼願意跟我當朋友呢？我這麼冷漠，跟光和緣司那種受歡迎的人差了十萬八千里。」

大概是我突然傾訴真心的煩惱，使她感覺到困惑。心同學微微挑起眉毛，然後停止咀嚼。

她愣了幾秒，之後吞下口中的蛋包飯，納悶地歪過頭。

「翔同學就是翔同學呀？」

「……嗯？」

「打個比方，假如全世界都是像一之瀨同學那樣的人，會變成什麼樣子？」

「什麼樣子……會變得很慘吧。雖然應該很和平。」

光想像就覺得很煩。腦中浮現好幾個緣司大叫「小翔——！」的聲音。吵死了，閉嘴啦。

「那麼反過來，假如全世界都是像你一樣的人，會變成什麼樣子？」

「感覺會超級安靜，是個沒有交流的世界。」

「換成是我呢？」

雖然這樣講不太好，感覺會變成連一句交談聲都聽不見的世界。儘管跟我沒什麼差異，至少沒有只有我的世界那麼慘。

全世界的人都想跟別人說話，卻不敢開口，看起來形跡可疑吧。

「你在笑什麼！你對我的世界產生了什麼樣的想像嗎！」

鼓起臉頰的心同學好治癒人。我果然很喜歡跟心同學相處的時間，會讓人下意識露出笑容。

「總之，我們都有各自的優缺點。」

我慢半拍才想通心同學想表達的意思，覺得她果然是個非常好的人。

「證據就是你和一之瀨同學性格截然不同，卻能處得很好。你不是可有可無。而且，你好像覺得自己一無是處，可是我並不這麼認為喔？」

我怎麼問了那麼無聊的問題，好想收回數秒前說過的話。

「你跟光和一之瀨同學聊天時語氣會比較粗魯，跟和我講話時不一樣，可是我知道你其實非常溫柔。能夠配合不同的對象改變態度，某方面來說你的溝通力很優秀。」

心同學面色平靜，彷彿在唸故事書給小孩子聽。

「我知道你會為了別人真心煩惱。知道連面對陌生人的時候，你都會平等付出你的溫柔。更重要的是，我認為沒有發現自身魅力的這一點很吸引人。我喜歡這樣的你，光、一之瀨同學還有天應該也是這樣想喔……啊，我說了好奇怪的話……！真不好意素，請你忘了吧……！」

被誇成這樣，我也一樣很不好意思。同時感覺到自己從未想過的魅力被其他人看見的喜悅。

「對不起，問了怪問題。我有點感傷。好難為情喔。」

「不會、不會。不嫌棄的話，我可以舉出無限個你的優點。」

「沒關係，我超害羞的。哈哈哈。」

「呵呵。」

怎麼回事？和心同學在一起，心情就會平靜下來。要是跟這樣的人結婚，肯定會很幸福吧。

「我有件事想拜託妳，可以嗎？」

現在我就說得出口了。

不久前的沉重空氣煙消雲散的現在。

「……嗯？好的，既然是你的請求，只要不超出能力範圍，我很樂意幫忙。」

「緣司好像從今天開始要去Connect的公司短期實習，他要幫忙貼身採訪透過Connect認識的情侶，想請我幫忙。」

「情侶嗎……」

「是的。他希望我們可以假扮成情侶，讓他貼身採訪。」

「我們並沒有在交往，這樣沒關係嗎？」

緣司說不被發現就行了，但是他最後又說可以練習怎麼對人貼身採訪，就算不會寫成報導，在我們約會時跟在旁邊也會有所收穫。

那傢伙只是想找藉口跟著我和心同學約會吧？

「這部分好像不是什麼大問題。不過緣司說會錄影和拍幾張照片，方便之後寫報導時可以隨時重看，也可能只用我們之間的對話和採訪內容寫成報導，所以必須假扮成情侶才行。」

心同學垂眸陷入沉思，之後不安地說：

「你也去拜託光了嗎？」

「沒有，現在……不是能拜託她這種事的狀況……」

「啊啊……說得也是。」

「嗯……」

果然不行嗎？

總覺得拜託心同學這種事，果然是不對的。

我知道這個要求容易讓人誤會。我幾乎確定心同學會答應，有種在利用她的感覺，心裡萌生一股罪惡感。

「對不起，給妳造成困擾了。我還是拒絕緣司吧。」

心同學用手托著下頷想了一下，然後拿出智慧型手機開始打字。她煩惱了數分鐘輸

入文字，「咻」一聲將其發送出去。

應該是傳了訊息給某人，不過我只猜得到對象，不敢過問內容。

「請讓我幫忙那個企畫。不是不好意思拒絕，是為了我自己。」

心同學目光堅定，筆直凝視著我。

總覺得不能堅持要去拒絕，否定她的決定。真的是心同學自己想這麼做，否定它等於在否定心同學。

「……我明白了。我去跟緣司說。」

心同學或許有自己的考量。我也一樣。

即使如此，我們並沒有說出口。

我們三人建立了一個LINE群組，為大家都有空的週末擬定行程。

緣司想跟我們採訪交往前的相處模式、交往後的變化、現在的約會內容，以及Connect的優點等。

先接受採訪，讓他跟著我和心同學約會幾次，拍攝我們的照片。

緣司比想像中還認真，說要把他和楓小姐的約會過程也寫成報導。看來這是他不惜展現出羞恥的一面也想做的事。又要羨慕緣司了。真希望我也能找到想做的事。

緣司希望第一次貼身採訪約會可以選在有約會氣氛的地方，哪裡有約會氣氛呢？

「你要在哪裡採訪我們？」

我詢問在我房間呈大字型趴在地上的緣司，他便維持那個姿勢開始回答，或許是因為冷氣吹涼的地板很舒服。

「嗯～其實兩個人一起接受訪問最好，可是為了讓你們說出真心話，對方不要在場應該比較適合。所以我會分開採訪你們。」

「所以你才會深夜跑來我家嗎？」

「深夜？才十一點耶。」

「一般人不會在這種時間跑去朋友家吧？」

「你有資格拿『一般朋友的定義』跟我說教嗎？」

「是是是，對不起。那你要問什麼？要採訪就快點。」

我坐到床上，把腳放在緣司背上。

「首先是第一題。我對你而言是腳凳嗎？」

「是的。」

緣司沉默片刻，轉頭面向我笑了笑，宛如準備惡作劇的孩童。

「因為我們是朋友！」

又要搬這句話出來笑我嗎？

因為有點不爽，我用腳跟踹他的背，然後叫他坐到坐墊上。

「那就告訴我真正的問題。」

「遵命，對不起。」

我開啟緣司傳來的文件，確認訪談內容。話說你既然有電子檔，有必要特地跑來我家嗎……？

「第一題，是哪一方主動按讚的？」

「啊，要由你唸出來啊？」

「嗯，這樣比較有趣。」

「是喔。是誰主動按讚的？大概是我吧。」

「不能『大概』啦，你回憶一下。」

「嗯——不記得了——耶。」

「真拿你沒辦法～」

緣司嘆了口氣，不曉得在打電話給誰。

「啊，初音同學？」

「啥？」

「妳記得妳跟小翔配對到的時候，是誰主動按讚的嗎？……………這樣啊，謝謝妳！再見！」

「你就為了這件事打電話給人家嗎？」

「比ＬＩＮＥ更快嘛。」

好可怕的社交力。

我光是有人打電話過來，就會手忙腳亂。

「那麼下一題……」

「咦，所以是誰？」

「她說是你主動的。她當時很高興喔。」

「是喔……」

原來她很高興。總覺得有點害羞。

「下一題，初次見面的印象如何？」

初次見面的印象嗎……

我以為我和心同學初次見面，是在配對到的時候。不過實際上，應該是考大學的那一天。

心同學畫的漫畫幾乎可以說是真實事件，當時我們連對方的名字都不知道，就見過面了。

可是這是針對透過Connect相遇的兩人採訪，原本就認識說不定不太好。

「我們在大學的課堂上碰巧坐在隔壁。那個瞬間我發現自己對交友軟體的刻板印象是錯的，居然能跟這麼可愛的人配對到。她給我的印象是像偶像的女生。」

就這樣，我逐一回答緣司的問題，有種在回顧跟心同學的相處歷程的感覺。

一起去咖啡廳、試戴眼鏡，玩得很開心的心同學非常可愛，溜冰時又展現出不同於平常的一面，令我深深著迷。

我想起當時的心情。人類就是會對值得尊敬的人產生好感吧。

事實上，如果當時我沒有對光有所眷戀，早就迷上心同學了。儘管如此，光在我心中的地位太過重要，我忘不了她，便跑去見她。

不想讓她被其他人搶走，希望她跟我在一起。

我輸給了身為前男友不該有的獨占欲，最後拋下心同學跑去見光。當時的我真的很失禮。

即使如此心同學仍然原諒我。我這種貨色不可能配得上這麼心胸寬大的好女人。

——更重要的是，我認為沒有發現自身魅力的這一點很吸引人。

我想起心同學說過的話。

沒錯，別再想「我這種貨色」了。

貶低自身的價值，對於願意喜歡我的人來說太失禮了。

接受採訪時我一直在想，能遇見讓我產生這種想法的心同學真幸福。

「那麼，今天就麻煩兩位了。」

「好的！」

「嗯。」

我們三個在三宮站集合，緣司手裡拿著攝影機。

我和心同學等等要在被緣司和攝影機監視的狀態下約會，說實話我很心神不寧。

「啊，對了，我再提醒一次……」

「……嗯？」

「嗯？」

看到緣司喜孜孜地豎起食指，有種不祥的預感。

「別忘記兩位現在的設定是情侶喔？」

之前就講過了，我們也知道，為何要特地再說一次？

「我基本上只會閉上嘴巴跟在你們旁邊，當成沒我這個人就好。」

知道啦。為何事到如今要重新提醒？

「那我開始拍嘍。」

緣司以此為信號按下攝影機的開關，不再說話。

「那麼心同學，請跟著我走。」

「是，翔同學！」

「停停停——！」

「幹嘛啦，你不是不會說話嗎？」

「因為你們都犯規了。」

犯規？

我跟心同學面面相覷，思考緣司這句話是什麼意思，卻想不明白。

剛才那句話哪裡犯規了？

「你們真的有打算裝成情侶嗎？以真正的情侶來說有點生疏喔。」

「啥？哪會，這就是我們平常開始約會的方式啊。」

「是的，跟平常一樣呀……」

語畢，我頓時覺得很難為情。我意識到我們平常的相處模式，正在被人觀察。

「因為情侶通常不會用敬語交談吧？」

「「確實……」」

可惡，我們都被說服了。

「你們必須把對方當成真正的交往對象。我是在工作，不是隨便玩玩喔？」

「喂，別忘記你才是有求於人的那一方。」

「可是翔同學，既然要幫忙……請你跟我——不對，你得認真跟我扮演一對情侶，好嗎？」

「是……嗯。」

重頭再來一遍喔——緣司彷彿在拍戀愛片，裝出一副導演的樣子這麼說。

火大歸火大，我都答應要幫忙了，還把心同學也牽扯進來，實在不好意思喊停。

「走嘍，心同學。」

稱呼……維持原樣應該也可以吧？

我姑且用眼神跟一之瀨導演確認，好像沒問題。他反而笑得很高興，看了就讓人覺得不爽。

「今天要去貓咪咖啡廳對不對？好期待喔！」

「嗯，我也很期待。」

心同學像真正的女友般勾住我的手臂。她的手好溫暖，肌膚光滑柔嫩，迫使我意識到她是女孩子。啊啊，搞什麼鬼。超害羞的。

或許是因為我發不出聲音，一之瀨導演用ＬＩＮＥ傳了句『你的態度好僵硬』挑我毛病。閉嘴，你好煩。

「要走一段路，妳會介意嗎？」

「不會呀。有你在的話，連走路都很開心。」

心同學，妳什麼時候學會講這種話的？

不久前妳甚至不敢看我的眼睛，每次講話都會吃螺絲，手還會顫抖不已。

心同學也成長了呢。我可不能輸。

我們從三宮站走了一站的距離，抵達元町站。

三宮站離元町站只有十分鐘左右的路程，ＪＲ新快速列車不會停在元町站，因此有事要去元町時，大多會先在三宮站下車再走過去。

從三宮站走到元町站的路上有一條三宮中心街，那裡有很多店家，可以邊走邊逛，不會無聊。

然後我們也跟其他人一樣邊走邊逛，位在中心街入口處的麥湯勞映入眼簾，使我感到飢餓。

為什麼我會定期想要攝取麥湯勞的薯條呢？

怎麼想都是因為從小我就在吃給小孩吃的快樂兒童餐，味覺已經遭到洗腦。

「對了，我們還沒吃午餐耶。」

「啊～嗯。我好像有點餓了。」

我對緣司使了個眼色，他便傳ＬＩＮＥ跟我說：『請便。』

大概是只能用一隻手拿智慧型手機，他沒辦法輸入太長的句子。太好了，平常的他會傳一長串超激動的訊息。建議你時時刻刻都拿著攝影機。

我們達成共識，決定先去常去的蛋包飯咖啡廳吃完午餐，然後再前往貓咪咖啡廳。

「喵～」

「喵～」

仰躺在地上，遭到從四面八方湧上的貓咪淹沒，宛如守護天使的心同學微笑著旁觀這一幕。緣司露出骯髒的笑容，用攝影機捕捉我受到治癒的表情。

我一直很嚮往貓咪咖啡廳。

能待在這麼幸福的空間，多少錢我都願意出。雖然我並沒有那麼多錢。

「每隻貓都好可愛。」

看到心同學把貓店員當成自己的小孩一般看待，我再度受到治癒。我怎麼會這麼幸福呢？喵。

貓咪咖啡廳有十隻左右的貓店員，裝潢風格跟一般的咖啡廳大相逕庭。

裡面嚴禁穿鞋，跟自己家一樣放鬆。我們坐在沙發上，膜拜貓店員們。

看來這家店似乎把在這裡休息，又玩又吃又睡的貓咪稱為貓店員。

既然叫店員，應該有支薪吧。真好，好輕鬆的工作。我也想當貓店員。

「你看、你看，這隻貓跟你好像。」

那隻貓眼神好凶惡。牠真的是貓店員嗎？不過還真是犯規耶。光是身為一隻貓就夠可愛了。

「才不像。我比較像眼睛閃亮亮的貓。」

「閃亮亮……？」

我是開玩笑的，可是心同學是不是有點無言？

「這隻貓像緣司呢。」

跟狗一樣黏人，一直用頭磨蹭跪坐在地的心同學的大腿。

怎麼看都像緣司。

「啊，牠跑走了。是蹭膩我的腿了嗎？」

心同學看起來有點惋惜，彷彿被緣司玩弄後再一把拋棄，我先踩了下在旁邊錄影的緣司的腳。

『好痛。』

那隻緣司貓店員的目的地，有一隻全身黑的貓店員，緣司貓店員開始用身體磨蹭黑貓店員。

我望向貼在牆上的貓店員介紹海報，發現黑貓店員的名字似乎叫做風。風和楓。雖然同音不同字，這個組合實在太熟悉，我望向鏡頭哼笑一聲。

「今天就拍到這邊吧。謝謝你們兩人。成為了很有用的素材喔。」

我們一走出貓咪咖啡廳，緣司便關掉攝影機。今天好像是要拍攝去貓咪咖啡廳玩的情侶。

至於之後要怎麼寫成報導，只有緣司知道。

聽說完稿姑且會給我和心同學看過，經過我們的同意再刊登。嗯，那樣比較好，真是感激不盡。

以緣司的個性來看，如果不需要徵求同意，他想必會寫出一篇有趣的報導——無論事實如何。真是個惡劣的記者。

「你們等等要做什麼？要繼續約會的話，我不想當電燈泡，就先回去了。」

行程結束得比想像中還快，我望向心同學，詢問她之後有什麼計畫。

本以為心同學一定也會問我要做什麼，她的視線卻落在智慧型手機上。

「我要回家了。那麼兩位，下星期也請多多指教。翔同學，明天食堂見！」

「啊，好的……」

還以為心同學會想繼續去其他地方逛逛。我心不在焉地跟緣司一起目送她走向車站的背影。

「意外嗎？」

「咦？」

「你覺得她會繼續跟你約會對吧？」

你又看穿我的想法，然後這麼說。

「這也沒什麼，她應該有事吧？」

「是這樣嗎？我倒不這麼覺得。」

「那你覺得是怎樣？」

「你聽過『女人的心就像秋季變化莫測的天空一樣』這句慣用語吧？不就是在指這個情況嗎？」

「這句慣用語是在指女人容易變心吧？我們只是假裝在交往罷了……」

「別再假裝沒發現了。」

緣司嘆了口氣，露出無奈的微笑。

「你應該早就知道了。這句話不該由我說出口就是了。不過，你現在被迫面臨變化，你自己也想要改變，所以我才會雞婆地多說一句……因為我們是朋友。」

假裝沒發現，假裝在交往。

心同學想必很痛苦。我害怕變化，傷害了心同學……我明白。

「我要忙著寫稿，先回去嘍。」

「……」

我一直很在意別人對我是怎麼想的。

在意光和心同學對我是怎麼想的。不對，我搞不懂的，只有光的心意。

至於心同學的心意，我不久前就發現了。

幾乎可以確信心同學喜歡我。所以我才會想著萬一我和光澈底斷絕關係，心同學會安慰我，簡單地說就是把她當成心靈的慰藉利用。

我這個人真差勁。

心同學大概注意到了。

她那麼聰明，不可能沒發現。

知道我即使意識到她的心意，仍舊故作無知逃跑。

——也知道我的心不在她身上，而是在光身上。

第三話　失戀會讓人有巨大的成長。

距離跟光最後一次說到話的那一天，過了快要兩星期。

她還沒聯絡我。

我開始擔心我們會不會就這樣跟之前一樣漸行漸遠。

不過，我不會再讓這種事發生。

這次我要主動跟光好好談談。

我的理智很清楚該這麼做，但是光都說她會聯絡我了，結果我還是只能默默等待。

而且，在光聯絡我之前，我有幾件事必須做。

首先，學會承認自己的過錯，老實向她道歉。

不這麼做的話，即使成功和光復合，也只會重蹈覆轍。

只是要道歉而已，很簡單不是嗎？即使我如此心想，一旦養成習慣，就很難改掉。

具體上來說要做些什麼才能改掉這個壞習慣，我毫無頭緒……

第二，成為更配得上光的男人。

這部分我也不知道具體來說該做些什麼，可是在我調查如何與前任復合的時候，每個網站都這麼提到：

沒有人會喜歡上跟分手時並無二異的前任吧。

變得比當時還要帥氣。早知道不該跟他分手啊——能讓光這樣想就成功了，總之先看本書吧。

要讓自己變得更好。

然後是第三點。

這是最重要的。不完成這件事，我就不能主動聯絡光。因為我再也不想當半吊子了。我下定決心，用LINE傳訊息給心同學。

『明天約會後，方便跟妳單獨談談嗎？』

心同學立刻已讀，彷彿在等待這句話。

『我也有話想跟你說。』

看來心同學也不想就這樣結束。

老實說，現在跟她見面挺尷尬的。可是我不能逃避。假如不勇於面對，我一輩子都無法改變。

在約會前一天，今天放學回家時，實習完的緣司正好從公司回來。

他整理著平常不會穿的西裝，不知為何超順路地走進我家，擅自從冰箱裡拿出咖啡歐蕾開始喝。

「幹嘛擅自拿我的飲料喝啦。」

「咦？這是我買來放在你這邊的。」

「這樣啊，那就沒差了……不對，幹嘛擅自把東西放進我家冰箱裡啦。」

「有什麼關係，我們是朋友啊。」

別以為搬出這句話就能為所欲為。

「小翔，你肚子餓不餓？」

「啊——對喔，我還沒吃晚餐。」

我也才剛到家，什麼都沒吃。今天要吃什麼呢？又要跟平常一樣吃泡麵嗎？

「我們去吃拉麵吧。」

「好主意。不過家裡有泡麵耶。」

「沒了啦。」

「咦，騙人。我之前看的時候還有兩杯。」

「被我吃掉了。嘿嘿。」

嘿嘿什麼，小心我揍你。

「作為賠罪，我請你吃拉麵，走吧？」

「啊～好懶。不過既然你要請客，我就答應吧。」

反正家裡沒存糧，我得出門採購。既然都要出門，拿緣司的錢吃拉麵比較賺。

只要去外面吃拉麵，即可賺回兩杯泡麵的錢。我有點不爽，再多加點料好了。

跟約會時不同，我隨便整理了一下儀容，然後走出家門。

緣司依舊穿著西裝，與我並肩而行……這樣講好噁心，有種情侶的感覺。那家拉麵店距離我家走路約十分鐘的地方，開在許多大學生居住的區域，所以有提供學生折扣，站在店外都聞得到濃郁的大蒜味。

「這家店還是一樣臭耶。」

「可是很好吃。」

「是沒錯。」

店裡坐滿剛放學的大學生，只剩兩個吧檯座空著。我和緣司坐到那邊，點完餐才過五分鐘，拉麵就送上來了。

又快，又便宜，又好吃。儼然是為貧窮大學生開的店。

「小翔，關於明天的約會——」

「嗯。」

緣司邊吃拉麵，邊跟我討論起明天的行程。

認識光之前，我作夢都想不到有一天會跟朋友一起去拉麵店。

當時的我比現在更難親近，沒有半個朋友，又不會跟家人一起去吃拉麵，只會吃泡麵而已。

全部都要多虧認識了光。

「明天我用你的名字租了車，是兜風約會喔。」

「你又自作主張了……我不太會開車，你不先跟我說，我會很頭痛。」

話說要怎麼用我的名義租車啊？你擅自拿走我的駕照嗎？

「跟你說有差嗎？」

「至少我有時間作好覺悟吧。」

「赴死的覺悟？」

「亂講！別詛咒我！是開車上路的覺悟啦，白痴。」

真是的，講這種不吉利的話……咦？我是不是幫自己立旗了？我得小心點。

「那麼，目的地是哪裡？」

「你知道砥峰高原在哪裡嗎？」

「不知道。」

「我想也是。它在ＩＧ上還挺有名的耶……沒辦法，誰教翔爺爺連智慧型手機都不會用。」

「誰是爺爺啊？我還是會用智慧型手機。」

還是別告訴他我不太會用ＩＧ吧。儘管我這麼想，緣司八成全都看穿了。

「這個、這個。我幫不會用ＩＧ的翔爺爺查好了。」

「少說一句話不會少一塊肉。謝啦。」

砥峰高原。位於兵庫縣北部的遼闊高原。

入秋後可以拍到整片都是芒草的網美照片，因此在ＩＧ上是個有名的景點……

「現在是夏天，屬於淡季吧？」

「我跟小楓去過，夏天也能玩得很開心。不如說秋天以外的季節人比較少，反而可以自由拍照。」

「原來如此。」

雖說是淡季，遼闊的大自然與蔚藍的天空能夠帶給人解放感，肯定很適合拍照。

這次約會的大前提是緣司要跟在我和心同學旁邊，比逛街更方便拍攝也是其中一個優點。

「而且晚上可以看到美麗的星空。」

「哦～那很適合拍照耶。」

人不多、開闊、氣氛平靜的空間，建築物也只有必要設施的深山，應該沒有比這更適合跟心同學談話的場所了。

搞不好緣司是察覺到一切還假裝沒發現，推薦了這個地點。

不，沒那麼扯吧。他總不可能什麼都知道。不過還是感謝他一下好了。

約會當天，我開著租來的車前往心同學家。

移動期間緣司好像不會錄影，在車上熱唱Bag number的組曲，吵得要命……儘管我很想抱怨，氣人的是緣司很會唱歌，所以我不小心聽入迷了。

「咦？那不是田中嗎？」

抵達心同學家後，不知為何田中也打扮得漂漂亮亮，站在外面等待。難不成她要跟著一起去嗎？

「我不會妨礙兩位，方便讓我同行嗎？」

「我是沒關係，緣司，可以嗎？」

這好歹是貼身採訪，又是緣司的工作，必須向他確認吧。

「只要妳答應我不在攝影期間說話，還有不會入鏡，我完全不介意。如果妳願意幫忙，我反而非常歡迎。」

「這點包在我身上。」

「不過為什麼啊？」

我搞不懂田中為什麼想跟來。頂多只想得到「要監視扮演情侶的我和心同學」這個理由。

「理由很健全。我想去ＩＧ上有名的景點，可是我和我朋友都沒有駕照。有前輩負責開車，還有姊姊在，我沒道理不去，這就是原因。所以請放心，我不會干擾你。」

妳這樣講，我更覺得目的就是為了干擾我耶。

「天，不可以這麼咄咄逼人。」

「姊姊，對不起……」

「不好意思，兩位……她無論如何都想跟來。」

「人多更好玩嘛。對不對，緣司？」

「嗯，多一個助手，我也比較輕鬆。」

我坐上駕駛座，心同學則坐在副駕駛座，後座是緣司和田中。而緣司開始拍攝這趟兜風約會。

「那我們出發嘍。記得繫安全帶。」

「嗯。」

「停停停，等一下！」

剛開拍兩秒，田中就大聲喊卡。

「幹嘛啦，田中，不是約好不能插嘴嗎？」

「你們兩個怎麼都不用敬語說話了！」

「因為我們現在是情侶……」

她目瞪口呆，接著開始咬牙切齒。

我們事先說明過我和心同學會扮成情侶，明知如此，對田中這個姊控而言似乎還是很痛苦。她的妒火熊熊燃燒。我調低冷氣的溫度。

「那麼小田，我要繼續錄影了，別再打斷他們嘍。」

「好的……」

看到緣司重新按下攝影機的開關後，我發動引擎。設定導航系統，確認約一個半小時的路途。

緣司叫我們開車時隨意閒聊，因此我們真的聊著沒有內容的話題，然而……

「你擅長開車嗎？」

「不～老實說不太擅長，我挺擔心的。而且昨天還用地圖檢查了好幾次路線。」

「這樣呀……」

沉默持續了五秒左右。她將長髮塞在耳後，面露緊張。

「陽光好刺眼，你不戴墨鏡嗎？」

「我沒有耶。早知道就買一副了。」

又是數秒鐘的沉默。我側目偷瞄心同學，緊接著跟她對上目光。

「妳去過砥峰高原嗎？」

「沒有。你呢？」

「我也沒有。好期待喔。」

「對呀。」

沉默。

真的好尷尬。

都是昨天傳的ＬＩＮＥ害的。我們都知道約會結束後肯定會談些什麼，才導致氣氛這麼僵。心同學沒我這麼嚴重，所以她會幫忙開話題。

她大概也感受得到我有多尷尬。

因為就連經常被罵遲鈍的我都發現她覺得尷尬了。

「總覺得好緊張喔。」

「啊，果然會緊張嗎？我好像也是。」

聽見心同學這麼說，我的心情稍微有所平復。然而，後面那兩個人並不知道我緊張的原因。

得講點煞有其事的藉口。

「我想應該是因為車內算密室，再加上我們靠得很近吧？」

「對呀，有點不好意思。明明我們都已經在交往了。」

「嗯、嗯……」

心同學，妳太犯規了吧。不用敬語說出這句臺詞，魅力都突破極限了。

儘管我喜歡的人是光，可愛就是可愛。我無法抵抗男人的本能。這種時候，我強烈感受到媽媽喜歡「可愛東西」的基因。

後座傳來有點急促的呼吸聲，不曉得會不會被攝影機錄到。不用看我也知道，八成是田中。不過我只是按照規則做而已，並沒有錯，希望她可以體諒。

要是她之後跑來揍人，我可受不了。

我稍微放鬆了一些，總之今天的約會可以不用擔心氣氛尷尬了。儘管如此，隨著時間接近，我再次體會到必須作好覺悟。

「哇——大自然！」

「哈哈哈，好樸實的感想。」

邸峰高原一到秋天就會被芒草染成整片淡黃色，觀光客紛至沓來，只為了一睹那副景色。

現在還是八月，所以只看得見整片綠色的芒草，不過這裡的氣氛仍然是市中心完全感覺不到的。

說到具有夏天氣息的風景，普遍容易想到海，可是這副景色也能帶給人被夏天包圍的感覺。

從未來過這個地方，卻有種懷念感，彷彿來到鄉下的奶奶家。

明明我跟奶奶住一起，從未有過那種經歷。

「翔同學，那邊有賣霜淇淋喲。」

「真的耶。要吃嗎？」

「嗯！」

霜淇淋通常不會這麼貴。在這種地方即使價格高了些，也會忍不住掏錢出來。

在大自然中品嘗當然會格外美味，重點是心同學展露不同於以往的天真笑容，沒道理不吃。

我即將害如此可愛的女生傷心難過吧。

我們邊吃霜淇淋，邊在高原上散步。為了方便行走，上面用木板鋪了條步道，只要沿著步道走，即可繞高原一圈回到原地。

步道有點狹窄，走路時要小心別踩歪。

我不時望向走在我後面的心同學，發現她每一步都像快要跌倒的樣子，刺激了我的保護欲。

越了解心同學，對於等等要傷害她一事的罪惡感就越強烈。可是，我知道用模稜兩可的態度跟她相處，會讓她更受傷。

必須澈底作個了斷。

「啊……！」

「小心！」

在我確認走在後面的心同學有沒有跟上來時，她正好差點從木板路上掉下來。

幸好我碰巧來得及扶住她。

然而對現在的我們來說，這個狀況有點不妙。

「不、不好意思……」

「……不會，請妳小心一點。」

握著心同學的手，扶著她的背，這個姿勢的物理距離太近了。

心同學的緊張反映在臉上，我的表情肯定也差不多。

我將視線移到裝在甜筒裡、有點融化的霜淇淋上，放開心同學，以免被她發現我的體溫因為夏日豔陽以外的原因升高了。

「我們剛才不小心說了敬語耶。」

「啊，真的耶。」

心同學用不會被緣司手中的攝影機錄到的微弱音量對我說，炙熱的吐息透過耳邊性感的聲音傳達過來。

今天比平常熱一點。

「收工～兩位辛苦了！」

緣司關掉錄影機這麼說完，田中就彷彿一直在憋氣般吐出一口長氣。

「我去買飲料。前輩，請你來幫我拿。」

「咦？喔。」

買個飲料需要叫人幫忙拿嗎？我沒有將這句話說出口，田中卻說：「因為有四杯。」我只好默默跟在後面。

走到離心同學和緣司數公尺遠的地方時，田中轉頭看了他們一眼，重新面向我。

「前輩，你打算維持現狀到什麼時候？」

「……什麼意思？」

我不是不懂，但是我想確認我理解的有沒有錯，便回問田中。

她一直在觀察我和心同學，所以說不定已經察覺到了。

她認識光，也跟光見過面，又不是會遲鈍到沒發現我現在的處境。

「你打算怎麼回應姊姊？不如說，你什麼時候才要甩掉她？」

「甩掉……田中，妳……」

「我在旁邊看了那麼久，怎麼會看不出來？姊姊也早就發現了。可是你還是跟姊姊假裝成情侶，太惡劣了。要是你敢傷害姊姊，我絕不原諒你。」

我很清楚我的所作所為很渣。

雖說今天就是我決定結束這段關係的那一天，其他人又看不出來，會覺得我拖拖拉拉也是無可奈何。不過，我也有自己的想法，言行舉止都會留意不要傷害心同學。

「我也有考慮心同學的感受……！」

「所以就說看不出來啦！」

「我的考量妳全部都知道嗎？不可能吧？我也煩惱了很久，希望可以儘量不要傷害到她……！」

「——那是為了讓你自己不要受傷吧？」

「……唔！」

為了讓我自己不要受傷？

「你只是害怕自己傷到姊姊，受到譴責。我能理解你最重視的人是自己。不過，如果你願意稍微為姊姊想一下，請你乾脆地甩掉她。我認為那才叫真正的溫柔。這樣下去，姊姊會永遠無法向前，她會一直追著你這個抓不住的影子活下去。即使遇到一個好對象，她也會繼續追尋你的影子，眼中容不下其他人。你知道她有多喜歡你嗎！」

田中說得沒錯。

我的一舉一動，都在下意識避免自己扮黑臉。

不是不想弄哭心同學，是害怕弄哭心同學會導致我受到他人的責備。

「今天你一直心不在焉，請不要帶著那種表情跟姊姊相處。請你正視姊姊，好好將真正的想法傳達給她。被人擅自喜歡上，因此像這樣被我這個局外人罵，你可能會覺得莫名其妙，可是……求求你。」

田中深深低下頭，感覺得到她對心同學的愛。就跟她一樣，我也對心同學抱持類似的感情。

儘管如此，那並非愛情。

純粹是希望珍視的朋友能夠得到幸福。

「田中，謝謝妳。妳回去之後可以先跟緣司一起回到車上，留下我和心同學兩人獨處嗎？」

「……好的。」

我拿著兩罐在自動販賣機買來的飲料，走向心同學和緣司。大概是終於抬起頭了吧，最後田中這麼說：

「前輩，謝謝你遇見姊姊。」

「我才要感謝她。」

我們抵達砥峰高原的時間是下午三點左右，散個步後轉眼間太陽就下山了，周圍一口氣變暗。

和市中心不同，燈光寥寥無幾，現在這座高原的光源——我不是想講雙關語（註：日文的高原與光源的發音相同）的冷笑話——就只有商店的燈光，以及這片在市中心看不見的星空。

「真美麗呢。」

「是的。」

我們坐在設施不遠處的木椅上，回去前想將這片星空烙印在腦海。

看到心同學帶著天真爛漫的笑容仰望夜空，我不禁感到心痛。

我們連對方的臉都看不清，在這個狀況下能將想說的話表達清楚嗎？能將我的真心統統傳達給她嗎？

心同學喝著我們剛才買來的寶特瓶罐裝茶。

能夠聽見飲料通過喉嚨的聲音，以及鈴蟲的鳴叫聲。神奇的是，在這麼安靜的環境中，我竟然不太緊張。

因為事到如今已經無法回頭，我們應該都知道等等要說些什麼，我也是為此才留在這個地方。

或許我等一下會招致心同學的反感。

就算她不至於討厭我，跟甩掉自己的對象相處想必很難受，我們顯然無法維持之前的關係。

說不定不會再有機會跟她在食堂吃午餐、跟她在假日出遊，還有去她家享用她親手做的料理。

即使如此，也不能再這樣下去了，所以我非得說出口。因為我更不想讓心同學一直受煎熬。

「心同學。」

「……請說。」

光是聽見我呼喚她的名字，心同學就察覺我的用意，停止仰望夜空。氣氛驟變，我明白時機來臨了。

思及此，跟心同學之間的回憶自然而然浮現腦海。

我們在大考的那一天相遇。

當時我還不認識她，在知道她身分的前提下第一次跟她說話，是透過交友軟體配對到的時候。儘管我無法確定那稱不稱得上對話，那無疑就是這段關係的起點。

在那之後，我幫助心同學改善怕生的毛病，她不知不覺成了我重要的朋友。

一起吃蛋包飯、一起去溜冰、一起去賞花。

去了各種地方，留下各種回憶。這些搞不好都會成為過去式……

甩掉人家還想繼續跟對方當朋友，我沒那個臉，也沒打算提出這個要求。

要是我真的想為她好，就得拿出接受自己會被討厭的勇氣。

既然田中都特地點醒我了，我就不能再隱瞞自己的真心，不能再讓心同學懷有微小的期待。

因此，我必須在這裡作個了斷——

「——你為什麼要哭？」

「咦……」

看見我無意識流出的淚水，心同學面露苦笑。她這麼說著，用大拇指為我拭淚，自己也同樣眼角泛淚。

「真是的，我才想哭吧？」

「對不起……」

我原本想拿出男子氣概，直截了當地說出來。

等我發現時，眼淚已經像潰堤似的奪眶而出。

真沒用。我在哭什麼啊。心同學說得沒錯，想哭的是她吧？

但是我依然淚流不止，可見跟心同學相處的時間有多幸福。

我非常喜歡她這個人，她這個朋友。

「我什麼都沒說你就哭了，害我錯過開口的時機。」

心同學果然早就明白一切。

即使如此，她仍舊願意來到這個地方，陪在我身邊。她明明是這麼好的人，這麼溫柔的人。

「我要說了喔——我喜歡你。」

「……嗯。」

「一直很喜歡你。大概從我們初次見面，大考的那一天起，就喜歡上你了。我從來沒有這麼喜歡一個人過，真奇怪。」

她自嘲地笑著，眼角已經看不到淚水。

明明正在做告白這種緊張程度在人生中應該名列前茅的行為，她卻冷靜得判若兩人，講話也不會吃螺絲、侃侃而談，再也不是之前那個無法正常跟人交流的心同學。

「表面看來，你的語氣和眼神都很恐怖，容易被人誤以為是可怕的人，其實你對陌生人也很溫柔，願意幫助素未謀面的我，願意為了剛認識沒多久的我改善怕生的個性。我喜歡上你的理由，不只你為我做的那些事。一之瀨同學、天，以及光。你能不計得失拚命幫助他人，純粹是順其自身的感情行動。我很尊敬你，非常喜歡這樣的你。」

淚水被人看見太難堪了，因此我始終低著頭，不曉得心同學現在是什麼表情。

可是透過那坦然的語氣，我感覺得到心同學堅強的內心。顫抖著的聲音也在同時傳來，掩飾不住。

就連遲鈍的我都感覺得出來，其實她只是在強忍淚水。她在為我著想，以免我感到困擾。

現在自己都那麼難受、沒有餘裕了，還有心思顧慮其他人，我發自內心尊敬她。因為懦弱的我做不到。

第一次見到心同學的時候，她給我的印象是必須好好保護的纖弱少女。不過，其實她比任何人都還要堅強且溫柔。

懦弱的是正在哭泣的我。

「你訓斥光和一之瀨同學之後，還會擔心是不是說得太過分了，我覺得這一點相當可愛。」

她一副笑得很開心的樣子。我的確經常擔心自己是不是說得太過分。她觀察得真仔細，讓人有點難為情。

「我想你應該沒有自覺，你還會幫人開厚重的門，搭手扶梯時站在下面，把人當成公主對待。」

我確實不是能夠刻意做出那種貼心之舉的類型。可是，或許是因為我站在另一個觀點，覺得心同學推不動門，心同學意外迷糊可能會摔下來，才把她當成公主對待。

「像我這麼難搞的人，你都沒有拋棄，還願意開開心心地跟我相處，連我都感覺得到你應該不會嫌我煩。」

因為我真心喜歡跟心同學共度的時間。理由僅此而已。

「全部，我喜歡你的全部。所以，希望你能跟我交往。不是假扮的戀人，而是真正的戀人。」

心同學早就知道我的答覆，卻準備好被我甩掉。不是「我本來希望你能跟我交往」，而是「希望你能跟我交往」，作好被甩掉的覺悟，想要徹底結束這段關係。

如果因為不抱期望，就不將心意傳達出去，未來肯定會後悔。

假如當時告白了，搞不好對方會願意跟自己交往。搞不好是兩情相悅。

也許她就是懷著這種小小的希望。我自己最清楚，心同學應該也看得出來。

所以她才會作好失戀的覺悟，向我傳達心意。

「可以請你給我一個答覆嗎？」

「……」

我拭去懦弱的淚水，調整了一下呼吸，避免聲音打顫。即使如使我還是用顫抖的聲音劃下句點。

「對不起，我有喜歡的人了。」

就算聽見這句話，心同學也沒有哭泣。

僅僅是露出哀傷的微笑回答：「謝謝你。」

「我才想感謝妳。跟妳相處的時間總是很愉快，因為有妳在，才造就現在的我。不只是妳。緣司、田中、楓小姐，當然還有光。因為遇見大家，我才能夠改變……！」

「那是我的榮幸。我改變了這輩子第一個喜歡上的人，能夠成為這樣的女性，會是我永遠的驕傲。」

心同學挺起平坦的胸膛，展現堅強的態度。

她大可不必逞強，卻沒有讓我看見脆弱的一面，避免我難過。

明明她不可能有那個心思顧慮我的感受。

「雖然被甩了，我很慶幸能遇到你。因為我也是多虧遇見了你，才能夠改變。」

「我沒做什麼值得讓妳感謝的事……」

「託你的福，我才能正常跟人交流。託你的福，我體驗了許多一直很嚮往的事。託你的福，我第一次喜歡上一個人。託你的福，我明白追逐夢想並不可恥。」

「夢想……？」

「是的。」

心同學仰望星空，這次帶著積極的微笑，以樂觀的語氣宣言：

「我要成為少女漫畫家。」

她的語調沒有一絲動搖，堂堂正正地宣言。

不是「想成為」，而是「要成為」。

感覺得到蘊含其中的堅定覺悟，她真的是個堅強的人。

羨慕緣司和心同學都有人生目標的同時，我不禁對他們產生敬意。

因為我沒有任何目標。

「我一直想成為一個漫畫家，卻覺得自己不是那塊料，放棄了這個夢想。可是受到你的影響有所改變的我，如今能夠大膽說出自己想做什麼，所以謝謝你。」

能否實現並不重要。光是擁有夢想或目標，就值得敬佩。

「我不敢隨便保證，可是我覺得妳肯定能夠成為漫畫家。雖然這是一個外行人的意見就是了。」

外行人的擔保毫無根據，然而如果是心同學這種能夠朝目標努力前進的人，肯定能實現夢想。

站在客觀的角度來看，沒有任何目標、對漫畫一無所知的我講這種話，有種高高在上的感覺，使我臉上自然浮現掩飾害羞的苦笑。

「那麼，剛被甩的我有一個請求。」

「妳這樣講，我很難拒絕耶……」

「所以我才會選在這個時機啊。呵呵。」

心同學露出孩童般的笑容。原來她還會露出這種表情，太犯規了吧。

「當然還要先徵求光的同意……」

我答應了心同學以此為前提的提議。

第四話　有些想法不說出口就無法傳達。

我的初戀是同一所大學的男生。

那個人乍看之下很可怕，其實非常溫柔。

我和他成為朋友，跟他相處越久，就越來越喜歡他。

藤谷翔同學。

可惜的是，翔同學——有喜歡的人。

我是在去溜冰約會那一天發現的。

即使知道他有喜歡的人，我還是無法放棄翔同學，想方設法讓他喜歡上我。

希望他把我當成女孩子、異性，以及戀愛對象看待。

儘管不符合我的作風，又令人感到害臊，我還試著說了裝可愛的臺詞，而且採取了行動。

就算翔同學會害羞，還是絕對不會喜歡上我。這點只要跟他相處就會知道了。

翔同學應該對前女友愛到無可自拔。

我對能夠令他如此著迷的前女友產生好奇心，想要見見她。

我還沒有完全放棄。

要是我有勝算，為了不輸給那個人，我要努力變得更加可愛，絕對要讓翔同學喜歡上我。

我拜託翔同學邀她去賞花。

然後見到翔同學的前女友光。啊啊，我不可能贏得了這麼可愛的女生。我在這時受到第一次挫折。

就算這樣，我不想沒有挑戰過就放棄。

我懷著要壯烈犧牲的覺悟，想著總有一天要將這份心意傳達出去，或者讓翔同學主動向我告白，試過各種方法向他示好。

即使如此，翔同學的心意果然始終都沒有改變。

儘管我也很喜歡他專情的這一點，我感到悔恨、悲傷，並且痛苦。

不過，也不是只有難過的回憶。

遇見翔同學讓我跟光成為了朋友、越來越不怕生，還交到光以外的朋友——鼓起追夢的勇氣。

——我辦不到啦。

我覺得講出來太不知天高地厚，一直避免提到將來的夢想。

翔同學和光卻稱讚我的畫技，說我一定能夠成為漫畫家，說我一定做得到，推了我一把。

只是推我一把的話，膽小的我還不敢採取行動。

因為是認識了翔同學而有所改變的我，才有勇氣踏出一步。全部都是多虧了翔同學的福。

雖然先跟光說我要跟翔同學告白，其實我還沒有那個打算。因為假設他真的答應我，應該也不代表他對我的「喜歡」超越了光。

再說我發現翔同學對我的「喜歡」，跟對光的「喜歡」是截然不同的感情。

我不曉得光和翔同學那天談了些什麼，如果在我不知道的時候由光主動甩掉翔同學，翔同學搞不好會出於難過而接受我的告白。

不過光肯定喜歡翔同學，就算她甩掉翔同學，也絕對是因為顧慮到我。

他們其實兩情相悅。

要是我害他們不敢說出真正的心情，作錯選擇怎麼辦……

所以，就算能跟現在或許處於低潮期的翔同學交往，那也是虛假的關係。就算是真的，將來我等於得懷著「其實他最喜歡的人是光吧」的想法跟他交往。我不想這樣，我受不了。

我希望他能在煩惱過後，覺得我是眾多女性中的最佳選擇。

因為我的目標不是跟翔同學交往，而是成為他「最重要的人」。

「跟我之前說的一樣，希望妳和小翔假裝成情侶。」

聽見一之瀨同學的提議，我猶豫了一下該不該同意。

能跟翔同學成為情侶，我當然高興得不得了，可是我不好意思瞞著光答應。

假如光知道我在她不知情的狀況下做了那種事，肯定會更加退縮。

我只不過想光明正大為了翔同學跟她一決勝負，再獲勝或輸掉。

在光退讓的這個時機採取行動，總覺得有點卑鄙，即使在這樣的狀態下得到翔同學的心，我以後應該還是會不安。

而且，知道翔同學喜歡的人是光，還要假裝跟他是情侶，應該會很痛苦。

因此，我決定去見光。

「哎呀，心。」

光的母親在門口迎接我，我踏進光的家，撞見剛好從洗手間走出來的光。

「心……」

光的表情比平常還要憂鬱，看起來有點瘦了。連遲鈍的翔同學看到，肯定都會發現異狀的程度。

光沉著臉帶我到她的房間。

她的窗簾沒有拉開，房間陰暗得跟光的表情一樣，不像在歡迎我。

「我有先傳訊息給妳……妳沒看見嗎？」

我望向放在桌上的智慧型手機，猜測她八成沒看見訊息，於是向她確認看看，光默默地搖了搖頭。

我跟她說明一之瀨同學拜託我協助他的實習工作，光面無表情地靜靜聽我說完。

「妳不用顧慮我。」

不是的。我不是在顧慮妳。

我想透過這個企畫，在最後留下跟翔同學之間的回憶，想要掙扎看看。

我幾乎可以確定會被甩，可是我無法接受只是乖乖等著被甩。

要是我因為注定沒希望就放棄採取行動，將來一定會後悔。未來的我肯定無法原諒自己。

我應該會一直恨自己為什麼當時沒有告白。

所以，翔同學向我提議時，我作好覺悟。

這是最後的機會。拿出全力吧。

為了不讓自己懷有留戀，為了不浪費最後一次能讓翔同學喜歡上我的機會，為了繼續喜歡自己，我要盡己所能。即使如此還是失敗的話，就做好接受這個結果的心理準備。不過這跟以會被甩掉為前提不一樣。

絕對要把握這個機會，讓翔同學喜歡上我。然而，這並不代表我會妨礙光。

在光缺席的狀態下得到翔同學的心，我也無法接受。

一定要光明正大跟她一決勝負，奪得勝利。我不想對讓我產生如此強烈感情的翔同學和光抱持罪惡感。

我最喜歡他們了，所以我想好好面對他們。

「我是為了我自己，才來告訴妳這件事。在這個狀態下跟翔同學交往，我一點都不會高興。因為我同樣很重視妳，我不想做這種類似偷跑的行為。」

她的想法跟我們哭著互相傾訴的那天一樣嗎？我不想對她生氣，心裡卻逐漸燃起對光的怒火。

從未想過我會有產生這種情緒的一天。就是它讓人吵架的嗎？我沒有這方面的經驗，因此不清楚。

「為什麼不願意跟我講真心話？妳其實喜歡翔同學吧？」

「……」

不行，連我都快失去鎮定了。冷靜點。

老實說，我看得出光喜歡翔同學，只是嘴上在否認。

而且，我也知道我沒有勝算。明知如此，我還是不想在沒有傳達心意的情況下結束這一切。

我很清楚這句話不該由我說出口，可是繼續這樣下去，搞不好會演變成無人樂見的結局。

「你們是兩情相悅喔。」

「……」

光並不驚訝，一語不發。

這個反應激怒了我。

「少看不起我了……！」

「……唔！心……！」

「妳明明都發現你們互相喜歡了，還要把機會讓給我，我一點都不高興……！妳覺得自己這樣很溫柔嗎……！」

真不符合我的作風。

我有一半是真的生氣，卻不至於氣成那樣，甚至有點擔心看起來像不像演戲。

我從未怒吼過，所以沒什麼魄力。

即使如此，看到我跟平常截然不同，光似乎察覺到異狀，跟和翔同學配對成功、被他搭訕時的我一樣驚慌失措。

「妳覺得擺出一副贏家的態度假裝輸掉，我會開心嗎……！開什麼玩笑……！」

「我沒有……」

「就是有……！妳覺得我跟妳讓給我的翔同學交往就會滿足對不對……！我才不高興……！妳覺得我們一起爭奪翔同學，贏的會是妳，才故意讓我對不對……！畢竟要是妳覺得自己會輸，就不用讓我了嘛？」

我確實在生氣，可是沒氣到要怒吼的地步。然而，要是不這樣做，光應該沒辦法走出來。

「我沒有看不起妳……」

「有。妳不把我放在眼裡。妳的一舉一動都是這樣告訴我的。虧我還以為我們是對等的朋友……！」

我明白我在給她添麻煩。

看到她困擾的表情，我的胸口隱隱作痛。不過，她是我好不容易交到的寶貴朋友，我希望她也把我當成對等的人看待。

「如果妳真的為我著想，希望妳跟我好好比一場。」

「……」

「妳再仔細想一下，我和翔同學交往的未來。主動抽身的妳受得了只能遠遠站在旁邊看嗎？肯定很痛苦喔？換成是我，傳達心意後再默默旁觀還比較好。所以拜託妳，別讓我淪為可悲的戀人。」

讓光表露真心，我一定沒有勝算。即使如此，我還是想這麼做。

因為光對我來說跟翔同學一樣重要，未來我也想繼續跟他們在一起。

「跟翔同學牽手，跟他一起慶祝生日、聖誕節以及新年的人都是我。說不定還會一起變老，結婚生子。」

我不禁想像起這樣的未來該有多幸福。可是，那肯定不會成真。

因為翔同學的心只會在光身上。

想起我一直假裝沒發現的事實，淚水奪眶而出。

「假日叫醒肯定會睡到中午的翔同學，一面幫他晾衣服一面跟他說可以吃午餐了，在新年參拜時祈禱全家人今年也能健健康康，告訴小孩聖誕老人只會送乖小孩禮物，跟他一起慶生。做這些的人全部都是我，妳不在乎嗎……！」

期盼著這樣的未來哭著訴說妄想，真的很難為情。

然而我不得不這麼做。

「——我……不要……！」

顫抖著聲音說的光抬起頭，淚水從臉頰滑落，真心話脫口而出。

「那些全部都是我的位置……！我不想看到翔跟其他人在一起……！不希望他被別

人搶走……！」

她終於說出口了。終於讓她說出口了。

「那就不能維持現狀了，對吧？」

看到光點著頭用雙手拭去淚水，我有點後悔為何要親手將自己逼入絕境。

這樣翔同學選擇我的機率，就無限趨近於零了。啊啊，好可惜。

「心，對不起，我傷害了妳。」

「沒關係。謝謝妳願意向我坦承。」

我引出光的真心話，這樣我該做的事情就完成了一件。不過，我該做的事情還不只這一件。

「我再也不會卻步了。」

「嗯……我也不會再客氣。」

「那當然。不管最後被選上的人是誰，都不能有意見喔？」

好好傳達心意，然後劃下句點。否則我永遠無法繼續前進。

「心，我有一個請求。」

「請求……？」

我答應光的請求，然後聯絡一之瀨同學，同意協助他。

或許是因為跟光聊過的關係，和翔同學扮成情侶，沒有想像中那麼痛苦。

更痛苦的是，喜歡翔同學的時間即將結束。

夜晚的砥峰高原。星空下，那一刻來臨了。

我的初戀要在這麼浪漫的場所結束嗎？如果是這樣，好像也不錯。

我甚至產生這樣的想法，樂觀地迎接那一刻。

「對不起，我有喜歡的人了。」

原以為自己很樂觀，一旦聽見這句話，我差點忍不住哭出來。可是我不能哭。

這樣會給翔同學造成困擾。

而且，我希望直到最後，他都覺得我是個好女人。

我故作堅強，假裝並不難過，露出微笑。

「謝謝你。」

我向準備回到車上的翔同學提出最後一個請求，騙他說：「我想再看一下星星。」留在原地。

其實翔同學一離開，我的眼淚就立刻潰堤，根本看不見星星。我希望他覺得我是一名堅強的女性，一直忍著沒哭。死命控制情緒，免得被他發現我的心跳在加速。

「妳很努力了。」

哭了一會兒，天和一之瀨同學來到我身邊。我的眼淚已經哭乾，所以不用擔心淚水再度奪眶而出，可是為了不讓臉上的淚痕被發現，我沒有面向他們。

「我跟小翔在車上等，等妳心情平復就回來吧。」

「……謝謝。」

收下一之瀨同學的好意，在這邊休息一下吧。

我需要一點時間調整心情。

雖說我早就作好了覺悟，會難過的事還是會難過。不過，這樣我應該就能繼續當我喜歡的自己了。

不是當時什麼都沒做的自己，採取行動後依然失敗了，比較能讓自己死心，而且實際拿出採取行動的勇氣，也能幫助我提升自信。

冷靜點。我做得沒錯，考慮到將來，這樣做是最好的。我作出了既聰明又有勇氣的行為和選擇。

「姊姊。」

天坐到我旁邊，讓我的頭靠在她肩上。

「今天一天由我來當姊姊，妳可以盡情跟我撒嬌。」

「嗯，謝謝妳。」

聽說失戀會讓人成長，我認為這句話說得沒錯。

被翔同學甩掉固然難受，能幫助他察覺自己真正的心意，帶給我更大的喜悅。

我成了能為心上人祈求幸福的自己。

我的心意確實傳達到了，因此我並不後悔。

如果我在沒告白的情況下作出了斷，不管經過多少年，我想必都會回憶起這段單戀，忍不住哭出來。

這段戀情對我來說就是這麼特別。

雖然是初戀，我可以如此斷言：

我肯定永遠都不會忘記這段戀情。

初戀對象是翔同學，真的太好了。
因為我現在幸福得不像剛被甩掉的人。

第五話　未來的事情船到橋頭自然直。

升上大三就得開始求職。

國中前念離家近的學校即可，高中也一樣。只要不念私立學校，學費不會貴到哪去，如此一來還能減輕家人的負擔。

可是高中畢業後，就會開始有人問你將來想做什麼、要往哪個方向走。

我隨便選了一間離家近的大學企管系念，不知道自己想做些什麼。

只要是能做得開心的工作，做什麼都好。只要不累人，做什麼都好。既然如此，拿「喜歡做的事」當工作就行了。我試著往那個方向思考，卻不知道自己喜歡什麼。

拿嗜好當工作說不定不錯，但是這樣會害我在假日從事嗜好時都在想工作，可能無法樂在其中……再說我連嗜好都沒有。

「唉……」

緣司說他想去正在實習的Connect公司上班，連繫人與人之間的緣分。

心同學擁有想成為少女漫畫家這個偉大的夢想，正在朝那個目標邁進。

看到他們兩個，我不禁擔心自己這樣下去沒問題嗎？最近一直在尋找想做的事。

光未必真的會聯絡我，因此我必須採取行動。

該做的事做完了，剩下就是讓自己有所成長。

和光分手，遇見心同學，跟緣司成為朋友，我自認自己有所成長。

可是還是不夠。

我認為成長最重要的，就是設立目標。

我在光聯絡我之前設立的目標，是將我的想法傳達給心同學，以及跟她復合時要有所成長，不再是以前的我。

看到緣司和心同學，我覺得成長所需的應該是找到想做的事。

那兩個人找到目標後，都是直線朝那個目標前進，我也想像他們一樣。

不過，煩惱了幾天我仍舊得不出結論，如今正在獨自面對蛋包飯嘆氣。

跟心同學表明心意，隔週的星期一。

緣司要去實習，應該不會來食堂才對，然而要是平常，心同學這個時間也差不多該來了。

我看了一下時間如此心想，然後環視周遭。

剛發生那種事，我原本以為她搞不好再也不會來食堂。正當我這麼想，回頭時卻正好跟端著咖哩豬排飯的心同學四目相交。

「午安，翔同學。」

「午安，心同學。」

心同學在說出一如往常的招呼語的同時向我微笑。跟平常不同的，是那抹笑容。

平常她會緊張兮兮地走過來，今天卻從容不迫。

她光明正大地坐到我對面，完全看不出來是個內向的人，有種因為那起事件蛻變的感覺。

「在那之後，妳還有畫漫畫嗎？」

「是的，我打算養成每天畫漫畫的習慣。」

「真偉大……」

「不會，我只是在做想做的事。」

那冷靜沉著的態度絲毫不像剛失戀的人，感覺得到心同學的強大。

「想成為職業漫畫家，該怎麼做才好呢？」

「要把原稿寄給出版社投稿新人獎，我現在準備開始畫。託你的福已經想好故事內容了，接下來必須把它寫成能夠確實吸引人的腳本畫成漫畫才行。我一定會成功出道，請你等等我。」

「哈哈，我會期待的。我好羨慕妳。」

「……嗯？為什麼？」

「因為我沒有想做的事。關於將來要做的工作，我想過把嗜好當成工作，可是我的嗜好只有睡覺……真的是個很無趣的人……哈哈。」

我會不會害心同學感到失望，覺得自己竟然有一段時間喜歡這麼無趣的人呢？光也是，她搞不好不會選擇這麼無趣的我。

「除了睡覺，你假日通常都在做什麼呢？」

「睡覺不算的話，我什麼都……不對，努力想應該想得出來……啊，最近跟別人出門的頻率增加了。」

「對呀。有時候你會跟我和光出去約會，或者跟一之瀨同學玩。」

「跟緣司玩的時候，大多只是在我家耍廢啦。」

「呵呵，可以想像……在這種假日的度過方式中，是不是藏有你想做的事呢？」

「假日的度過方式……」

仔細一想，跟緣司共度的假日真的什麼都沒做。普遍是邊閒聊邊寫作業。

跟光和心同學共度的假日又是如何呢？

大致上的流程都是固定的。先去常去的咖啡廳吃午餐，再前往當天的目的地。

目的地每次都不一樣，我們至今以來去過各式各樣的地方。

有時也會去別家咖啡廳吃飯。

每次去的場所不盡相同，當時對對方抱持的情緒也不同。裡面會有提示，藏有我想做的事嗎？

「不算嗜好，然而還算有興趣的事情怎麼樣？」

「興趣嗎……嗯——不行，毫無頭緒。」

「呵呵，用不著著急吧？想做的事情，未來肯定會多到數不清。」

「但願如此……」

心同學真的好從容。我甚至懷疑這是不是她的第二輪人生。

不過她說得對，急著找到的，未必真的是想做的事。

我越想越搞不懂自己到底想做什麼，或許現在還不需要那麼急。

「要不要去問問一之瀨同學的建議？」

「好主意。緣司最近好像很忙，下次見面時我會問他。」

「啊，對了，一之瀨同學跟我說……」

心同學就像在閒聊似的一臉淡定。

「假扮情侶的那個企畫，樣本好像已經足夠了，不把我們寫成報導也沒關係。因為一之瀨同學考慮到這個可能性，跟叫做楓小姐的女性也去了同一個地方。啊，不過他肯定是在顧慮我的感受才這樣說，你不介意的話，維持原定計畫也沒關係。」

這麼說來，緣司說過他跟楓小姐去過砥峰高原。說不定他一開始就沒打算拿我們當採訪對象。

以那傢伙的個性，八成又是想推我一把。

跟甩掉自己的人裝成情侶約會的報導，被拿去刊在交友軟體上宣傳，一般人都會排斥吧。

緣司應該是考慮到心同學的心情，才告訴她可以當作沒這回事。

我毫不知情，所以肯定是這樣。然而心同學完全沒有放在心上，向我說明。

「我們原本就是假扮的情侶，所以我一點都不介意。更重要的是，你是我寶貴的朋友。而你的朋友一之瀨同學，我也把他當成朋友看待，我想幫上朋友的忙。」

她彷彿看穿了我的心思，表示我的擔憂只是杞人憂天。

倘若能幫上緣司，我也想幫忙。雖然可能沒有那個必要……

「所以，如果你不排斥，我去跟一之瀨同學說可以把我們寫成報導。」

「那麼……麻煩妳了。謝謝妳願意協助我的朋友。」

「不會，他也已經是我的朋友了嘛。託你的福又交到了新朋友，我好高興。」

「我只是幫妳製造機會而已，這是妳努力作出改變得到的成果。」

「這樣的話，我會很開心……一之瀨同學和光都是託你的福才認識的寶貴朋友。不過，我第一個交到的朋友是你，所以……」

至今以來發生了許多事。

連相遇過程具有衝擊性的我們都是透過Connect認識，說不定有機會成為情侶。

或許有人會認為，不跟在交友軟體上認識的人交往，就沒必要維持這段關係。

可是，交個朋友不也不錯嗎？

「未來也要繼續當我的好朋友喔。」

我也能跟心同學一樣作出改變嗎？

「那當然。以後請多多關照。」

放學後，我晚上準備去緣司家找他時，穿著西裝的緣司剛好走出家門。他最近似乎忙到沒時間煮晚餐，都是去便利商店買外食解決。

「今天也吃便利商店啊？」

「你的飲食習慣也沒健康到可以對人說三道四吧？」

「您說得對。」

「你也要去便利商店嗎？」

緣司看起來瘦了一些，我有點擔心……身為朋友，會擔心很正常吧？

「緣司，我去買就好，你在家休息啦。」

「咦？你怎麼了？好噁心。」

「別說我噁心，我在擔心你。」

「哈哈哈，那就拜託你嘍。謝謝。」

「嗯。」

我獨自走到便利商店，聽從緣司「我要Seben-Eleben的辣味泡麵和鹽味飯糰」的要求，把買好的東西裝進袋子。回到緣司家，他正在磨咖啡豆。

「還真專業耶。」

「還好啦。你要不要也試試看？滿好玩的，還比即溶咖啡好喝喔。」

「好啊。」

「給你。來萃取咖啡吧！」

有緣司已經磨好的咖啡豆，我將其倒進濾紙，加入熱水萃取咖啡。

我在打工的店家看過店長泡咖啡。記得店長不是一口氣倒進去，而是慢慢注入。

雖然只是有樣學樣，看起來還滿有一回事的。

「哦～挺熟練的嘛。你好適合泡咖啡。」

「是這樣嗎？」

普普通通吧。我嘴上這麼說，受到稱讚卻很開心。

我端著從途中開始換成我來泡的咖啡，與緣司相對而坐。

不管什麼時候來，緣司的房間都一樣整潔。

壁紙和家具的品味自不用說，格局明明跟我家一樣，看起來卻莫名寬敞，應該是花了一點小心思。

「為什麼你家感覺比較大？格局不是跟我家一樣嗎？」

「我覺得跟家具的高度有關。高度較低的家具沒有壓迫感，所以看起來空間會比較寬廣。」

「是喔～你考慮得真多。」

室內裝潢很深奧，還挺有趣的，我要不要也鑽研看看呢？

「對了，小翔，你今天見到初音同學了對不對？怎麼樣？會尷尬嗎？」

「呃……嗯。還行。那個……緣司，謝謝你幫我想那麼多。」

「咦……」

緣司目瞪口呆看著我。

「你怎麼了？感覺怪怪的。」

「哪裡怪啦。」

「該怎麼說……變坦率了？」

「我原本就很坦率。」

「居然還會開玩笑，真不符合你的作風……」

我不是在開玩笑……

可是，既然緣司都這麼說了，我是否也在往好的方向改變了呢？

不久前的我，或許稱不上坦率。

會一開始就用「可是」、「不過」來否定對方，因為無謂的自尊心而不好意思跟人道謝和道歉，如今卻並非如此。

「緣司，我變了嗎？」

不曉得是不是因為我的問題很奇怪，緣司忍不住竊笑。我臉頰發燙，確實變得有點難為情也說不定。

「嗯，你變了。當然，是在正面意義上。最明顯的就是表情。」

「表情……？」

「嗯。剛認識你的時候，你總是板著臉很嚇人，現在卻有一種嚇人的柔情。」

「結果還是嚇人嗎？」

「畢竟長相不會那麼快改變嘛。不過，該怎麼說呢？總覺得……你變穩重了。」

穩重嗎？現在的我跟光復合後，有辦法不跟她吵架嗎？有辦法跟她好好相處嗎？

歸根究柢，我不認為吵架絕對不好。問題大概在於之後是否能消弭隔閡。

如果這樣叫做長大，我是否已經成為有資格聯絡光的男人呢？

不用急著尋找目標，大可放慢腳步。這樣比較從容，不會選錯選項。不必急。慢慢成為配得上光的男人，讓自己可以隨時出現在她面前。

「對了，小翔，你可以把下星期六空出來嗎？」

「……嗯？是可以，你要幹嘛？」

「嗯，我想請你去有點高級的餐廳吃飯，感謝你這次願意幫我的忙。還有初音同學也一樣。」

「好，我會把那天空下來。」

緣司將原本用來裝咖啡的馬克杯拿到洗手槽，邊洗邊微笑著說：「咖啡很好喝喔。謝謝招待。」

明明只是把熱水倒進去，受到這樣的稱讚還是很高興。為人做些什麼，受到感謝還真是幸福。

思及此，我好像找到了想做的事。

第六話　說出口的話永遠收不回來。

儘管高中時期我的朋友很多，其實跟翔一直以來說的一樣，我不是那種人見人愛的類型。

發育較快的我，只是個小學生就被親戚和鄰居稱讚長得好看，實際上從那個時候開始就有不少人跟我告白。

老實說，我得意到不行。

出於嫉妒，班上的女生有時會無視我，有時會在背後說我壞話。

不算典型的霸凌行為，可是足夠讓沒毅力又纖細的我感到孤獨。

雖然上學稱不上痛苦，我卻從來沒有想去上學過。

早熟的我心裡想著要我跟因為嫉妒而無視我或說我壞話的人當朋友，送我我還不要呢。

或許是這個想法反映在我的態度上，導致我樹立了更多敵人。

可是，我只能這樣想。因為我不知道其他守護心靈的方式。

反正小學認識的朋友，長大就不會再聯絡，痛苦的只有現在。

都是因為我長得比別人好看一點，性格上的缺陷在其他人眼中才會特別明顯吧。

強勢的態度、不會主動接近人的乖僻個性，上大學之後我才知道，自己當時有多惹人厭。

升上高年級的同時會順便分班，每次我都發誓要重新開始，從小養成的個性卻沒那麼容易改變。

起初大家都對我有興趣，想找我聊天。

然而，他們的期待對我來說太沉重了。

長得那麼可愛，一定很溫柔。長得那麼可愛，一定很親切。長得那麼可愛，一定什麼都會做。

我沒有優秀到能夠回應這份期待，所以大家一發現我不是符合期待的人，就一個個離開。

擅自期待，擅自說我背叛他們，我有時會氣得心想：「關我什麼事。」不過一表現出來或講出來又會遭到無視，遭人在背後說閒話。

我只是至少不想被討厭，並沒有想要受到眾人喜愛，或者想被大家捧得高高的。

想跟其他小孩一樣，放學後玩得太晚，被父母責備。

想在假日丟下非寫不可的作業，出去跟朋友玩。然後又被媽媽罵，讓她擔心。

想度過平凡的孩童時期。想做大家平常會做的事。

小學就滿腦子這些事的我，比任何人都還要成熟，又比任何人都還要幼稚。

每次換班都要想盡辦法不被人討厭。

有一年，我試著閉上嘴巴，把自己當成空氣。

有一年，我試著主動跟同學交流，拍大家馬屁。

有一年，我想說太受歡迎搞不好會招致女生的反感，便將頭髮剪短，用男生的語氣說話，故意頂著一頭亂髮上學，避免男生喜歡上我。

最後我為此感到疲憊，覺得真的有必要為了交朋友做到這個地步嗎？

然而孤獨太難熬了，因此我沒有停止。

升上國中後，我開始扮演不是自己的某人。

翔跟我提到緣司時，我感覺他跟我是同類，產生親切感，所以才會積極協助翔，好讓緣司不用扮演別人所期望的他。緣司真好，有像翔這樣的人陪在身邊。

國中那三年，我都在扮演普遍會受人喜愛的類型。

儘管如此，我在小學六年間建立的形象，已經傳到同年級的所有學生耳中，我無法讓人忘記那個形象的我。

同小學的人又跟我升上同一所國中，因此我無論如何都抹不掉那個形象。

即使有人說我好像變了，以前與我為敵的人依然故意阻撓這種改變到處跟人說：

「那傢伙其實超惹人厭的。」

國中就放棄，高中去念沒有同國中的人的學校吧。在那裡蛻變成嶄新的自己。

為了不讓雙親擔心，我在他們面前都假裝有交到朋友，可是從來沒帶朋友回家玩過的女兒說她有很多朋友，有誰會相信呢？

害他們操心了。害他們不安了。這件事最令我痛苦。

放學後我會坐在公園的鞦韆上消磨時間，讓衣服和鞋子沾到一點泥土。

六日頻頻跟虛構的朋友「美咲」出門，實際上則是去學校附設的圖書館找櫃檯阿姨聊天。

對我來說，朋友就只有櫃檯阿姨一個，阿姨不曉得是不是發現了，肯定會陪我。

她讓我體驗了許多「通常會跟朋友一起做的事」。

分享喜歡的漫畫、聊昨天晚上播的連續劇，還有跟媽媽吵架時聽我抱怨。

不過，如果要介紹朋友給爸媽認識，以免他們擔心，不帶同學就沒意義。所以高中一定要跟爸媽介紹朋友，讓我說的謊言「我有很多朋友」變成現實。我這麼發誓，跟班導打聽哪所高中沒有同個國中的人。

我要在沒有任何人認識國中以前的我的地方轉換心境，從頭來過。

聽到我想考以當時的學力來說有點難度的高中，班導喜孜孜地幫忙指導我。

或許我應該要感謝老師，可是我清楚記得自己因為大人不願意理解我的難處而感到失望。

學生不想去有同所國中的學生在的高中，不是應該先關心她是不是受到霸凌嗎？當時的我是這樣想的，現在則不然。

平常自以為成熟，唯有對自己有利的時候才想被人當成小孩對待，未免太天真了……事到如今我明白，我只是希望有人注意我。

我只是希望有人關心、陪伴我。

回想起來，獨生女特有的愛刷存在感的個性真令人火大。

是不是有更好的做法？是不是可以更靠近其他人？在我覺得幼稚、愚蠢的同學眼中，我是不是才是最幼稚的那一個？

上高中之後變成熟吧。

一開始大家都只看外表就以為我是個好人。所以大家都會跑來討好我，想跟我好好相處。

我一直覺得這種行為很噁心，避之唯恐不及。不過，我相信要是能克服這個障礙，反過來利用這一點，然後接受它，我應該擁有能夠成為校內紅人的資質。

所以不要樹立敵人，要表現得開朗活潑，待人親切，受到稱讚也要否認，維持謙虛的態度。

第一次見面的人剛開始都一定會對我有好感，到目前為止都是如此。

沒人會一開始就無視我，也沒人會一開始就說我壞話。

翔卻不一樣。

開學典禮當天看到他在上學途中的短短道路上做了許多好事，我感覺到翔應該是個好人。

和我不同，即使沒人注意，也會不顧外人的眼光向他人伸出援手，不是演出來的善心人士。

我覺得他很厲害，要是我也能變成這種人就好了。我對翔產生好奇心，期待他肯定是好人。

「欸，你哪所國中的？」

不過實際跟他搭話時，我發現他比想像中更冷漠，居然面不改色地無視我。什麼嘛，期待落空了嗎？

這傢伙是怎樣，氣死我了。

虧我還以為你是好人，把我對你的興趣還來。我不小心理智線斷裂，顯露出「真正的我」。

「你在跩什麼啦！」

情感過於豐富未必是好事。明明用不著生氣，我卻會立刻順從情感行事。

我在這個時候意識到，我跟上高中前討厭的那些人一樣。

擅自對人抱持期待，擅自覺得期待落空，然後責備對方。

心裡湧現跟自己一直瞧不起的人是同類的絕望感，以及對於因為我擅自期待而當眾丟臉的翔的罪惡感。

一點小事都足以讓情感起伏激烈的我非常沮喪。這大概也是我會沒有朋友的原因之一吧。

然而翔始終沒有拋下這樣的我，反而還喜歡我的這部分。

他曾經對我說過，喜歡我看電影馬上就會哭，情感全部會反映在臉上很好懂，對遲鈍的他來說幫助很大。

跟我相反，情緒完全不會反映在臉上的翔才會這樣羨慕我，自己以為是缺點的部分受到稱讚，感覺並不壞。

跟翔在一起，就可以做原原本本的我。這讓我覺得非常輕鬆，有種安心感。

儘管我們經常吵架，事後都會笑著疑惑當初為什麼要吵架。

我只有翔了。

只有翔理解我，願意接近這樣的我，接納我的缺點。即使如此依然說要跟我在一起，說要跟我和好，陪在我身邊。

那麼好的人大概再也不會出現。他是上帝賜給我的唯一一次機會。

是我自己拋棄那個機會，還傷害了翔。我這種人沒資格待在他身邊。

翔能夠找到更好的對象。所以，我最好別再接近他。

其實我想立刻跟他道歉。可是那是因為我覺得翔說不定也忘不了我。

我害怕打電話給他，跑去見他，然後遭到否定。

要是被他拒絕，這次我真的會變成孤身一人。

要是被他否定，我會失去心靈支柱。

翔或許願意重新接納我。這個誤會是不幸中唯一的救贖。

假如連最後一絲希望都斷絕，我肯定會一蹶不振。

我很清楚自己有多脆弱，不敢主動聯繫翔。

因此我又開始扮演不是自己的某人，想要靠虛有其表的關係留住心。

心常常誇我堅強。不過，講這種話的人都不理解我。

正因為我很弱，才會裝成其他人過活。

因為就算遭到拒絕，我也能藉由扮演其他人告訴自己遭到拒絕的不是我。

能夠無視負面情緒。

跟翔分手一年後，我認為不能再依賴他了。我沒有自我感覺良好到覺得現在復合也不遲。

翔看起來就不是分手一年還想跟前女友復合，那種不乾不脆的人。像他那樣的人，在大學一定已經認識新的對象。

再說就算復合了，顯然又會因為我的關係分手，我不知道該帶著什麼樣的表情面對他，也不知道該用什麼樣的態度跟他相處，好可怕。

翔想必不想再看見我，也不想再去思考關於我的事。我給他造成那麼多困擾，害他傷得那麼重，所以沒資格見他。

可是，假如還能見到翔……忍不住這樣想的自己令我感到反胃，又陷入自我厭惡的情緒中。

我不想繼續當個可悲的人。我想向前邁進，於是下載了Connect。

「為什麼妳會在這裡！」「為什麼你會在這裡！」

重逢後我依然是個討厭的女人，明明一直想要再見到他，卻下意識擺出相反的態度對待他。

所以，翔認識了心，而我也認識了心。

我不想傷害心。因為她是我好不容易交到的真正朋友。不是虛有其表的關係，是能夠發自內心信任，展現本性的朋友。

我非常喜歡心，不想失去她這個朋友，所以我才選擇退讓。心卻跟我不一樣，是個堅強的孩子，不是我想的那種必須由我保護的人。

我才是被人保護、被人扶持的那一方。

拜翔和心所賜，我覺得自己終於改變了。

儘管個性沒那麼容易改變，慢慢變得能夠承認自己、喜歡自己吧。

假如我能成為配得上翔的優秀之人……不，不對。

等我成為配得上翔，能夠喜歡自己的人；等我成為能夠稱讚自己今天也很努力，取悅自己的人；等我成為跟心一樣堅強的人——到時就去見翔吧。

等到我能夠信心十足地說自己最配得上翔的那一刻到來。

這不是「逃避」。這次一定要由我好好告訴他。我不是因為害怕跟他見面，才故意拖延時間。

……不過，我沒辦法忍到能澈底喜歡上自己。

總之先練習做菜吧。

絕對要讓他說出不是場面話的「好吃」。達成這個目標後，我就要告訴他。

我無可自拔地喜歡你，一直很想見你，想要永遠跟你在一起。

不是朋友，也不是前任。

——希望你讓我當你永遠的另一半。

無論他的答覆是什麼，講得出那句話的時候，我肯定能變得比現在更喜歡自己。

我想用最自然的模樣向翔傳達真心，而非扮演某一個人。

他會願意收下這麼難搞的我嗎？

＊

我的母親眼神凶惡，對可愛的女生沒有抵抗力；父親則和威嚴一詞完全扯不上關係，性格溫厚，不會堅持己見。由這兩人生下來的我，外表應該受到母親DNA的強烈影響，得到凶惡的眼神，再加上從小看著不怎麼表達意見的父親長大，養成了基本上不愛說話的個性。

假如我的氣質跟父親一樣溫柔敦厚，不愛說話也不會怎麼樣。然而，我繼承了母親凶狠的眼神。

身高偏高，聲音低沉。

初次見面的人嚇到並不奇怪，但是這樣害我活得很累。

雖然沒有心同學那麼嚴重，不過我的個性也偏內向，沒辦法自己解釋其實我一點都不可怕。

而且主動跟人說話，說明我並不可怕，這樣才會嚇到人吧。

拜其所賜，我從小朋友就不多。不如說沒什麼朋友……不如說沒有朋友。

大家並不會特別討厭我，我也從來沒被霸凌過。只是別人不敢接近罷了。

單獨行動很輕鬆，我還滿喜歡的。

記得是從小學時開始，我總是遠遠看著同學心想：「下課時間去外面打躲避球，不會很累嗎？」

不過，人類對於真的沒興趣的事物，應該連遠遠旁觀都不會去做。

到頭來，我應該是在羨慕他們。

體育課老師叫大家兩兩一組時，同學們一定會找好朋友一組。

不會有任何人找我，我也不會去找別人。

必定是三人小團體猜拳決定，剩下的那個人跟我一組。

即使要跟我一組，大家也都絕對不會表現得不甘願。他們害怕要是我看見他們擺臭臉，會被我痛扁一頓，這樣的氣氛連遲鈍的我都察覺得到。

我明明從來沒有打過架。

大家沒有錯。錯的是不去跟人接觸的我。

自己一個人坐在教室角落很無聊，因此我經常觀察同學。大家都是好人。

假如我主動搭話，他們應該會接納我。

可是，萬一他們拒絕怎麼辦？萬一他們害怕我，我一找他們說話就逃跑怎麼辦？

看就知道不可能發生那種事，大家一定會接納我。

明知如此，我卻一直往不好的方向想，不敢採取行動。

不主動搭話，就還留有大家願意接納我的可能性。然而要是我主動搭話、受到拒絕，我將在那一刻真正變得孤身一人。這是我最害怕的。

假如一開始就不去接近人，就絕對不會遭到拒絕。我想留著通往交得到朋友的未來的可能性，才始終沒有採取行動。

因為只要一直是一個人，就不會變得孤獨。

校慶、音樂祭、運動會、畢業旅行、夏日祭典和新年參拜自不用說，每當活動結束，班上的人都會在當晚共同舉辦慶功宴。看到同學玩得那麼開心，我心生羨慕。

全班參加的活動，同學們明明會怕我，仍然願意邀我同樂。

我卻悲觀地認為：「我這種人可以去嗎？」同學努力試圖接近我，我卻開不了口說想要參加。

假如我再更加坦率一點，應該能跟大家一樣，作為一個普通小孩長大。可是我並不坦率。

我極度不擅長向他人表明自己的感受。

高中開始認識朋友吧。

要時時刻刻面帶笑容，主動跟人交流，好讓大家明白我其實一點都不可怕——我這麼下定決心。

實際升上高中後，在過去的人生辦不到的事，不可能一下子就辦得到，我又要變成邊緣人了。

啊啊，虧我決定高中要好好努力。將懷著這樣的後悔放棄掙扎的我從底部拉起來的人，就是光。

光願意跟這麼冷漠的我說話，成為我的朋友。

我不知不覺被她深深吸引。

託她的福，同學們也認識了我這個人，理解我其實並不可怕。

因此我交到朋友，還參加了活動。

得以度過我嚮往許久的學生生活。

光真的好厲害。平易近人，跟誰都能聊天，她的行動力令我深感佩服。

如果我也能成為那樣的人，人生肯定會更加順遂，我不禁這樣想。

光理應也有跟我不同的煩惱，可是從她平常的樣子完全看不出來，我很羨慕。

看起來沒有煩惱當然令人羨慕，即使有煩惱也完全不會表現出來，我羨慕她良好的形象。

不管怎麼樣，身邊總是不缺朋友的光身上有我沒有的優點，我既佩服又尊敬。

尊敬不知何時轉為愛慕之情，於是我們在一起了。

認識光之後，我好像稍微有了改變。

雖然有點像光的附帶品，交到幾個朋友或許也有影響。

體育課再也不用擔心找不到人一組，也不會猶豫要不要參加活動。

平凡的學生生活，變成理所當然的存在。

全部都要多虧光的幫助。

我卻對她講出不該講的話。

「我也是！每天都要吃妳做的難吃便當，超痛苦的！」

我根本沒有這樣想，卻被怒火沖昏了頭。

「對……」

就算跟她道歉，說出口的話也收不回來。

就算光願意原諒我，我說過的話也會在她心中留下無法抹滅的傷痕。

她應該會沒辦法再幫我做便當，每次吵架都會想到這句話。

她說會跟我交往純粹是校慶的氣氛使然，其實也差不多過分，不過沒關係。

因為我知道光不會真心說出那種話。

她不是會被那種氣氛影響的人，也不會那樣想。

所以，早知道應該像爸爸一樣溫柔地包容她。然而我跟小孩子一樣忍不住回罵，傷害了光。

回家後，我本來想打電話向她道歉。可是光都跟我說再見了，事到如今才道歉或許為時已晚，最好等雙方都冷靜一點再說，搞不好明天光就會若無其事地跟我聯絡。我想著後天再說、下星期再說、櫻花盛開前再說，就這樣一拖再拖。

不知不覺過了一年。

事到如今道歉也來不及了。

倘若我當時就道歉，或許不至於走到這一步。

我沒有自我感覺良好到都分手一年了，還覺得光依然惦記著我。

因此我下載了Connect，想要快點忘記她，向前邁進。

「為什麼妳會在這裡！」「為什麼你會在這裡！」

交往時絕對不會對她使用的粗魯語氣，以及壓抑住跟她重逢的喜悅下意識擺出臭臉的乖僻個性，想必都是光討厭我的原因。

明知如此，一個人的個性終究沒那麼容易改變。

但是我不能浪費上天讓我們重逢的奇蹟。我的心底應該想設法跟她復合。

當時的我尚未察覺。

是緣司點醒我，給了我機會，我才終於開始意識到自己的真心。

不想讓光被其他人搶走。她不是我的所有物，我卻產生了這個厚臉皮的念頭。

遇到楓小姐、幫她跟緣司牽線時，我曾經對緣司說過一段話。簡單地說就是不要找藉口，而是老實一點；假如硬要將真心話壓在心底，將來肯定會後悔——這段話也同樣適用在我身上。

我沒資格對緣司說教。

在田中對我口出暴言時，是光出面幫我說話。

「這傢伙才不是那種男人。」

當時我很高興。

除去家人，最懂我的人肯定是光。因為我們認識的時間就是這麼久。

我很高興能得到光——擁有我所沒有的東西——值得尊敬的光的承認。

這個時候，我自己也察覺到了。我至今仍然喜歡她，喜歡到無論遇到什麼樣的困境都想跟她重新來過。

「光。」

「……回去。」

因此我採取行動，但是被拒絕了。

果然太晚行動了嗎？這麼久了是不是不可能重新來過了？我曾經有過這樣的想法。

即使繼續深入，說不定也會嘗到失戀的痛苦，不久前的我肯定無法承受。

不過我已經下定決心要改變。

因為我知道，光是我唯一的選擇。

「——下次一定要好好談談。」

我再也不會逃避。直到她給我一個答覆，我永不放棄。

就算是難以接受的答覆，要是還沒聽見就跟光斷絕聯繫，我肯定會後悔一輩子。

我會猜想當時光或許也跟我有同樣的心情，不過說出真心話會傷到心同學。光大概也發現了，所以才會掩飾真心。

既然如此，等光整理好心情吧。然後等到時機來臨，再傳達我的心意。

我不像緣司那樣，擁有能對某人掏心掏肺的無償溫柔，也沒那麼敏銳。

不像楓小姐那樣成熟穩重，擁有凡事都能冷靜接納的寬廣胸襟。

我也沒自信能像田中那樣，擁有不惜將自身的一切都奉獻出去的深厚愛情。

不像心同學那樣，有想要實現的目標，沒有為了目標能夠改變外表及生活方式的決斷力，也沒有努力不懈的毅力。

不像光那麼會打扮，外貌出眾、人見人愛。

連一無所有的我，大家都願意跟我相處、當我的朋友。

我肯定擁有自己不知道的魅力，現在我能夠這樣告訴自己。

能夠拿出自信，覺得自己是很棒的人。託大家的福，我才能喜歡上自己。

所以見到光之後，這次——
她會願意選擇這麼難以親近的我嗎？

第七話　復合最重要的是冷靜期。

早上起來第一件做的事，是躺在床上滑半小時以上的智慧型手機。然後撐起沉重的身軀，去洗手間刷牙洗臉。

我視為理想的好男人，是清醒後馬上就能起床的人。明知如此，以前的我卻一天到晚賴床。

不過現在的我不同。

一醒來就是去刷牙洗臉。

然後一手拿著咖啡，用智慧型手機看晨間新聞，吃一片吐司當早餐。

順帶一提，我早餐是白飯派。

剛煮好的白飯搭配料多味美的味噌湯、鹹味煎蛋捲、熱呼呼的維也納香腸最為理想，不過煮飯真的很麻煩，我才會拿一臺烤麵包機即可解決的吐司打發。

即使是如今學會立刻起床的我，大清早煮飯這麼麻煩的事難度還是太高了。

至於邊喝咖啡邊看晨間新聞，其實只是稍微看一下星座運勢、天氣預報、跟我關心的藝人有關的新聞，根本不會看跟社會局勢有關的報導。不過我之所以看新聞，純粹是基於「看個新聞做做樣子好了」這種膚淺的理由。

為何我會基於這種膚淺的動機看新聞，乖乖吃早餐呢？

因為我現在的目標是要比以前有所成長，進而成為配得上光的男人。

假如能夠成功復合——不，不對。向光提議復合時，我不能還是現在這個樣子。

跟以前並無二異的我，無法讓一度失去的愛情恢復原狀。以前調查情侶復合的資料時，我看過無數次。

想重新點燃冷卻的愛意，就不要見那位前任，設定一個冷靜期，在冷靜期結束前讓自己變得更好，展現成長後的自己，藉此讓對方覺得分手很可惜，這樣一來對方的愛意便會重燃……的樣子。緣司也這麼說過。那傢伙是心電感應者，所以大概是真的。事實上，我也有同感。

至少以前的我又會因為芝麻小事跟光吵架，度量狹小的我又會開不了口道歉。

我已經不是小孩，不能天真地想等人安撫，必須學會自己處理自己的問題。

然後光會願意重新接納改變後的我嗎？

即使答案是否定的，我的成長必定會在將來的人生派上用場。既然如此，沒道理不努力。

託緣司和心同學的福，我有自信我跟以前比起來改變了不少。話雖如此，假如我因此停止成長，光一定會感到厭倦。

如果是無時無刻不在成長的男人，肯定能夠吸引他人的興趣。少年漫畫的男主角也一樣。

「好，差不多該出門了。」

我穿著黑色休閒褲、白襯衫，拿起只裝了錢包、智慧型手機、耳機、家門鑰匙的小包包，踏出家門。

今天是星期日，一如往常的打工日。

走去打工地點的十五分鐘，我平常都是聽音樂，現在則是聽自我啟發的有聲書。

這也是為了達成我想做的事。

只要實現那個目標，應該就能成為配得上光的男人。不，光是有一個目標，都比以前沒有任何目標的我來得好。其實有了目標後，我的人生就變得多采多姿。

想成為配得上光的男人，懷著這個想法不斷努力，很娘娘腔嗎？不，至少我身邊沒有人會嘲笑他人的努力。

大家都是好人。

剛認識緣司時，我覺得那傢伙很愛裝熟，之後卻逐漸喜歡上他。知道看似無憂無慮，總是傻呼呼笑著的緣司其實也有煩惱時，我想幫他解決。以前的我不可能這樣想。

肯定是因為遇見緣司，使我成為想為朋友做些什麼的人。是遇見緣司讓我得以成為這樣的人。

跟心同學的相遇是巧合，多虧遇見了她，多虧有當時的糾結，我才得到作決定的勇氣，即使說不定會被討厭，依然敢於說出自身的想法。

想跟光復合，我認為這是最關鍵的因素。

因為我不擅長坦率地表達自己的想法。

會不會被討厭？會不會傷到對方？會不會破壞這段關係？我害怕自己變得孤身一人，害怕讓對方變得孤身一人，不敢行動。然而，如今我知道有時就算會傷到對方，最好還是要傳達真正的想法，也知道不要只顧著保護自己。若是真心為對方著想，就算可能會被討厭，也要拿出勇氣開口。

甩掉心同學八成會傷到她。可是現在我知道，既然我已經心有所屬，與其繼續拖拖拉拉，甩掉她讓她可以快點去找下一個對象，才是為她好。

我只是不希望自己因為甩掉她而受到責備。到頭來，我關心的只有自己。

所以，我必須特別感謝心同學帶給我的體悟。

能遇見心同學真的太好了。拜她所賜，才有現在的我。

我一下就抵達打工地點，拿掉耳機走進更衣室。

換上圍裙來到外場，先來上班的緣司忙碌地看著小白單。

「早安。」

「喔，小翔，早安。今天很忙喔，加油吧。」

「嗯，包在我身上。」

瞧，以前的我應該更冷漠才對……從會為自己的成長感到得意的這一點來看，我還不夠成熟吧。

月底，緣司要我空出來的星期六來臨。

他沒跟我說具體來說要去哪裡，只叫我中午先到三宮站集合。

當天我也沒有漏掉每天都要看的星座運勢和天氣預報。星座運勢是第一名，幸運物品是碳酸飲料。我八成會在出門時忘記帶幸運物，所以不重要。聽見烤麵包機跳起來的聲音，我走去拿吐司。

我最喜歡的吐司吃法，是烤過後抹上奶油，再灑滿砂糖。

這個灑了一堆砂糖、極度不健康的吃法，是光以前告訴我的。

光好像一直都是這樣吃，輕而易舉就把五片吐司吃完。

吐司通常不是一次吃一兩片而已嗎？

光說這樣會熱量不足，她為什麼吃那麼多還不會胖，我真的覺得很神奇。

身為前任，我當然看過光的肚子，然而根本沒有肉。四肢同樣纖細，胸部卻很大。養分八成全跑到胸部了。

我將砂糖灑在抹了奶油的吐司上，邊吃邊想著光。

愛吃的部分、吃得津津有味的樣子、躲起來吃零食被發現時的慌張反應，我全部都喜歡。

光是回想起來就忍不住嘴角上揚。

我果然對她念念不忘。

我吃完吐司打開衣櫥，準備整理儀容。

衣服的數量多到以前的我難以想像。

或許還稱不上會打扮，不過多虧光的影響，我開始注意儀容。

就算不懂時尚，穿樸素的衣服就不會有錯。今天我也是以此為標準，選擇要穿上的衣服。

今天緣司說他要為貼身採訪一事向我答謝，訂了有點高級的餐廳。

也就是說，穿太休閒的服裝去應該會很突兀。

既然如此……就穿這套吧。

我拿起比平常正式的衣服換上。

雖說比平常正式，仔細一想，又是跟平常一樣樸素的衣服。

黑襯衫搭黑色休閒褲。短袖可能不太好，至少鞋子換上皮鞋，別穿運動鞋吧。

我不常穿皮鞋，感覺會走到腳痛，不過這也沒辦法。

接著我來到洗手間，從整理頭髮開始著手。

雖然想用髮膠抓一下，可惜我不會抓頭髮，沒翹起來就算及格了。

「好，出門吧。」

儘管離約好的時間還有點早，我還是走向公車站。

話說回來，緣司跟我住在同一棟公寓，幹嘛不跟我一起去呢？我感到疑惑並聯繫緣司，他回我：『我正在實習，會直接過去，等等再去找你！』我便獨自前往三宮站。

這時我還不夠理解，緣司是個什麼樣的人。

三宮站中央口前的Seben-Eleben。

我不知道是第幾次跟人約在這裡見面了。

大多數的情況下，我都是先到的那個，提早到的時候會找個地方打發時間。

今天我也按照慣例不小心早到，走向購物中心的轉蛋專賣店。

口袋裡放著在那家店轉到的「踀臉貓」系列吊飾，貓耳一直刺到我的大腿。

光是與我相似的踀臉還不夠，這隻貓還從各方面惹怒我。

為何我要把五百日圓用在這種東西上面呢……這樣想會不會被喜歡踀臉貓的心同學罵呢？

離約好的時間還有十分鐘。今天我特別早到，我深深感覺到自己做事有多麼缺乏計畫性。

緣司是守時的類型嗎？他是不是已經過來了呢？在我想著這些事情的時候，緣司正好傳ＬＩＮＥ給我。

「啥……？」

我懷疑自己看錯了。因為今天是緣司想答謝我和心同學接受他的貼身採訪，才把我約出來。

所以餐廳理應也是緣司訂的，緣司不在就沒有意義。

然而——

『希望你今天玩得開心。』

他講得一副自己不會來的樣子。

『緣司，你不來嗎？』

『你很快就會知道。』

什麼意思？只有我和心同學兩個人嗎？在我不知所措時，有人從正面跟我搭話。

「翔。」

我抬起頭。看到眼前的人，有種我的時間停止流逝的感覺。

「……嗨。好久不見。」

「…………」

靜止數秒後，我慢半拍才明白這不是夢，同時意識到這是緣司和心同學的企圖。

「光……？」

「看就知道了吧？不要做出那種看到鬼的反應好不好。我還活著。」

光別過頭接著說。從這個態度看得出來她在緊張。可是我也一樣……

「呃，因為……」

「如你所見，我踏出家門了……然後啊，翔。」

這次她直視我的眼睛，臉頰泛紅說：

「今天……希望你能跟我約會。」

好久沒聽光說出約會一詞。或許是因為這樣吧，我不禁覺得自己在作夢。因為我們很久沒有像這樣見面了。

離上次隔著門交談，已經過了一個月。

最後一次見面是那種情況，導致我更加緊張。不過光像這樣來到這個地方，希望我跟她約會。她忍著害羞，向我傳達真正的心情。

我現在應該做得到。

「走吧。嗯……約會。嗯，走吧。」

「……謝謝。」

其實我高興得想大聲亂叫。因為不能真的叫出來，我死命壓抑住這股衝動，搭配自然上揚的嘴角說出這句話。

「很高興能再見到妳。」

我這麼說完，光瞬間驚訝地看著我，然後立刻展露微笑。

「……我也是。」

應該不是只有我光憑這段對話就察覺到對方的想法。過去我對光的想法一無所知，現在則全部傳達過來。

可能是因為我們都不再隱藏心思了。

作為代價，不同於以往的害臊心情湧上心頭。可是我們都沒有掩飾，一眼就看得出來彼此都很緊張。

「緣司要我傳話給你。『貼身採訪的謝禮改天再說，今天你們兩個好好玩吧』。」

緣司跟光串通好了嗎？

實際策劃的人八成是心同學。雖然無法確定是光主動拜託，還是心同學提議，她現在出現在這個地方，應該可以理解光和我是同樣的心情吧？

刻意在這邊確認她的想法未免太不識趣，因此我決定什麼都不過問。

該問的是那個老問題。

「呃……要先去吃午餐嗎……？」

「儘管很想，其實我有一個請求……」

這個氣氛真不符合我們的個性。

明明很緊張，卻莫名舒適。彷彿回到交往前的時刻，令人覺得懷念。

正因為我們一度失去這段時間，如今才會深深感受到它有多麼珍貴、稍縱即逝。所以，我在內心發誓絕對不會再失去它，細細品味著。

「請求？」

光從有點大的包包裡拿出布製束口袋。

「我做了便當……不嫌棄的話，要不要一起吃？」

上次吃到光做的便當，是什麼時候了？

高中時期，交往後她幾乎每天都會做給我吃，至於畢業後，記得是我們一起去大公園的時候。

當時是春天吧。我隱約記得是在櫻花樹下吃。記憶之所以模糊不清，肯定是光的料理造成的後遺症。

「謝謝。那我們找個地方坐吧。」

雖然有可能再度失憶，光都特地準備便當了，久違地吃一下那個也不錯。那是我高中三年吃最多次的東西，對我而言可謂青春的滋味。

好久沒吃了，我能活著回來嗎？

三宮站附近沒什麼公園，我們走向不遠處的東遊樂園。雖說名為遊樂園，其實只是一座公園罷了。

我們走在通往公園的路上。由於一起去過好幾次，宛如在回顧交往時的記憶。

抵達公園後，我們在數張長椅中選了一張坐下，光將束口袋放在大腿上。好，作好覺悟吧。

當時我幾乎每天都在吃，訓練出了抵抗力，現在又如何呢？

最後一次吃已經超過一年以上，可以確定下場不會好到哪裡去。

「放心吧。」

「咦？妳指什麼？」

光大概發現到我在懼怕她的便當，開口這麼說。就算光的便當是稱不上食物的神祕物體，讓這個想法反映在態度上未免太失禮。我得好好掩飾。

話雖如此，我並沒有不甘願吃她做的便當，其實還滿期待的。

因為光很久沒為我做便當了，怎麼可能不開心。

「我在不跟你見面的期間，請心來教我做菜。」

「心同學嗎……？」

「嗯。心教得非常好。你想想，我媽不是憑感覺做菜嗎？每次都說差不多就好，調味料的量也隨便抓，還會把砂糖裝進上面寫著鹽巴的盒子，超級亂來的。所以，我請心教我調味料的味道和判別方式。託她的福，我現在會做菜了。」

雖然有點難以相信，光的母親確實是個粗枝大葉的人，以心同學的個性，可以理解她會從基礎重新教她一遍。

「心幫我試吃過好幾次，還說很好吃喔！」

「呼……那我就放心了。」

「欸，為什麼不相信我？」

「因為妳會下毒。」

「你這傢伙——」

「哈哈哈，開玩笑的啦。」

「呵呵，我知道。」

稍微放鬆後，東口袋裡的便當終於登場。

便當盒是光高中就在使用的東西，隔著透明的蓋子可以看見內容物。

從外表看來，沒看到以前吃過的黑色煎蛋捲，白飯也沒有糊在一起。

「看起來挺好吃的……」

「不是看起來，是真的挺好吃。你吃吃看，會升天喔。」

光信心十足地豎起食指，像個小孩子，真可愛。

「那麼，我開動了。」

我把免洗筷拆得形狀不一，覺得有點難用，同時選擇只是用水燙過，不可能難吃的青花菜。

明明不可能難吃，光以前燙的青花菜不知為何超級難吃。原理不明，總之酸酸的。

真的莫名其妙，會升天喔？

「嗯，好吃……」

「不用那麼提心吊膽啦！再說就只是水煮青花菜而已！」

連水煮青花菜都有辦法弄得很難吃的人，有資格講這句話嗎？

青花菜的調味方式很正常，是沾美乃滋吃的，所以有美乃滋的味道。而且口感很正常，當然也沒有酸味。

光的黑暗料理屬性說不定真的消失了。雖然這種屬性不要也無妨。

「來，吃吃看最重要的煎蛋捲！」

都這麼久了，我還是會怕。可是如果我說不吃，會讓光在這段期間做的努力白費。

這並非我的本意。

我吞了吞口水，夾起煎蛋捲。

「讓我深呼吸一下。吸吸吐——」

「我要生氣嘍。」

「對不起。」

形狀還算漂亮。

先不論味道，體驗過獨居生活的我，很清楚要把煎蛋捲捲得漂亮並不容易。

我也挑戰過幾次，但是完全捲不好，索性直接放棄。

居然能把讓新手頭痛不已的煎蛋捲捲得這麼漂亮，味道應該不會差到哪裡去吧。送入口中前，高湯的香氣撲鼻而來。啊啊，這個肯定好吃。還沒吃就知道了。

「好吃嗎……？」

雖然光看起來信心十足，其實還是會不安。可是，既然心同學都說好吃了，有必要擔心嗎？

因為實際上真的很好吃。

「這個超好吃的。而且是我喜歡的鹹味煎蛋捲。」

「真的嗎！太好了～煎蛋捲我最沒自信。剩下的都是昨天晚餐的配菜，家人也說好吃，所以我不怎麼擔心。」

「咦？晚餐也是妳做的嗎？」

話說回來光的父母同意了？同意讓殺傷力那麼高的料理放在餐桌上？

「嗯。我不是說了，我請心教我做菜嗎？我跟以前的我不一樣了。」

光說的昨天的配菜，推測是炒牛蒡絲和日式炸雞塊。

日式炸雞塊不是常見的冷凍炸雞塊，而是裹粉現炸的。

至於炒牛蒡絲，自己住的我從來沒做過，連作法都不知道。

而光親手做了這兩道菜……我有點想哭。

「妳怎麼會想學做菜？」

「有很多理由啦，最主要的……是我想讓你誇我做的菜好吃。」

光略顯害羞地咧嘴一笑。

「雖然你每次都會吃光，我有時會擔心你其實並不想吃。所以我曾經想過是不是不要做菜比較好，但是又覺得是我誤會。」

「不會不想吃啊。妳願意做便當給我吃，我很高興。」

「原來那種便當也能讓你開心。不過啊，我想做出會讓你主動要求我做給你吃的便當，所以我這次很努力。」

「如果是這麼好吃的便當，我每天都想吃。當然，高中時期我也是這麼想。」

「我練習做菜之後，爸爸和媽媽都吃得很開心，誇我做的菜好吃。我非常高興，所以現在做菜成了我的興趣。」

「不錯啊。其實妳挺有天分的吧，原本只是知識不足。我再怎麼練習，都煎不出漂亮的煎蛋捲。」

「哦～這代表你廚藝比我還差嘍？」

「妳這傢伙是怎樣，一被誇獎就跩起來。」

光一臉開心地捧腹大笑，我看了也自然而然露出笑容。好久沒有體會過這種幸福的時光，我既高興，又有點難為情。

我活著吃完便當了。由於我們是兩人分食一個便當，光似乎根本沒吃飽。

「要去那家咖啡廳嗎？」

「好啊。我吃飽了，所以只吃甜點就好。吃完有要去哪裡嗎？」

今天的約會應該是我以外的那三個人策劃的，說不定他們已經安排好目的地。本來應該要由我提議比較好，老實說我毫無頭緒。

因為我只要能跟光在一起就夠了。

「今天要去很多地方，你跟著我走就好。」

「收到。」

我們來到常去的那家車站附近的森林風咖啡廳。光點蛋包飯，我吃便當飽得差不多了，所以只點了一塊起司蛋糕。然而，光看到我的起司蛋糕也忍不住，愧疚地叫來店員加點跟我一樣的起司蛋糕。

她的愧疚感應該不是針對店員，而是自己的胃吧。

光邊吃邊咕噥：「對不起。」反正妳又吃不胖。

離開咖啡廳，我們接著前往交往時也去過的地方。

省錢殿堂唐吉軻特。

無視一樓的食品販賣區上到二樓。

光在二樓拿起根本不會買的柔軟精試聞瓶，高高在上地抱怨：「不是這個。」跟以前的感想一模一樣。

三樓有賣角色扮演服，以前我差點在這裡被光逼著穿上兔女郎的角色扮演服，想起這段回憶，我不著痕跡地將兔女郎裝擋在身後，避免光看見。

光卻帶著跟當時如出一轍的笑容，不知道從哪裡拿來一套女僕裝。

「欸，你穿穿看這件衣服嘛。」

她這麼說，一副擅自想像我穿上的模樣，忍不住笑意的樣子。看到我穿這種衣服會高興的人，只有光和緣司吧。

緣司肯定會拍下我穿女僕裝的照片，貼在ＬＩＮＥ的打工群組裡。那傢伙就是這種傢伙。

四樓是一堆放在櫥窗裡的名牌貨，完全不是我們這種窮大學生可以踏足的地方。

FREE
Size
PrettyMaid
角色扮演用女僕裝

我們曾經一起來過一次，所以光應該也知道。她似乎不打算往樓上走。

離開唐吉軻特後，我們走了一段時間，來到有名的戀愛神社生田神社。

跟光交往時，每年新年參拜和考大學前，我們都會來生田神社。明明是以成就良緣聞名的神社，我們順利上榜然後分手了。

儘管如此，現在我們又像這樣一起來到這裡，還歷經了奇蹟般的重逢。戀愛之神搞不好真的存在。

「接下來去爬北野坂。」

「目的地是哪裡？」

「未定！」

北野坂可以說是時尚之都神戶的象徵之一，有許多時尚的咖啡廳跟建築物。

是一條超難爬的坡道，搞不好跟富士山同等級。

雖然八月即將進入尾聲，氣溫還是很高。我剛才拿富士山譬喻當然是玩笑話，不過在這個時期爬北野坂，甚至可能會有生命危險，這點神戶市民人人都知道。

反正她肯定會跟以前一樣，自己說要爬坡，卻在途中抱怨爬不動。

「我爬不動了～揹我～」

「就知道……」

話說沒有特別想去的地方，還在這個季節爬北野坂，妳腦袋有問題吧？

下山後，我們去光打工的星巴可休息片刻。

我點了心同學喝過的摸摸茶星冰爽……不對，是抹茶星冰爽。

光不愧是星巴可的店員，在阿法奇朵星冰樂上加了一堆配料。

說起來我連「阿法奇朵星冰樂」這個飲料名稱，都得看著菜單才講得出來。

「妳加了什麼？」

「巧克力碎片和焦糖醬！這樣搭最好喝～」

「哦～我下次喝喝看。」

「我的可以給你喝……一口的話。」

「妳那麼不甘願，我哪有那個臉喝……」

光好像在不久前回來打工了，之前跟我聊過一些關於光的事情的工藤小姐，跟她在櫃檯聊得有說有笑。她連在打工地點都這麼善於社交啊，好羨慕。

我不知道當時光和心同學之間發生了什麼，不過心同學既然不肯跟我說，我大概猜得到是怎麼一回事。

不管是對光，還是心同學來說，應該都是辛酸的回憶。

我這個罪魁禍首卻一無所知……

在星巴克坐了半小時左右，我被光帶回車站，從那裡搭電車到離我和她的母校最近的長田站。

長田站附近的便利商店——我家便利商店。我和光在那裡的內用區寫過幾次作業，真是懷念。

回家路上，我們還會去我家便利商店旁邊買章魚燒，帶去離學校比較近的公園吃。有一段時期吃章魚燒在我們之間掀起熱潮，一星期會吃三次。

「幹嘛？要回學校嗎？」

「是可以，可是畢業生突然跑回去應該不太好，下次先跟老師講過再說吧。」

「說得也是。」

記得緣司說過他跟楓小姐去了母校一趟。那兩個人何時會交往啊？

「今天在這一帶散步就好。」

「了解。」

我隱約明白光在想什麼了。

彷彿在重演那段時光，彷彿在複習我們的過去，去我們一起去過的場所，走我們一起走過的路，每到一個地方就提及在那邊的回憶。

來到充滿回憶的道路或場所，令我感觸良多。

跟光分手的那一年每天都很無聊，感覺度日如年。我會有這種感覺，肯定是因為那對我而言既痛苦又難受。

因為少了光，使我開始覺得人生很無聊。

以為再也不會有機會跟她一起走的平凡道路也好，以為下次會跟其他人一起來的店家也罷，我都萬萬沒想到還能像現在這樣跟她一起來。

和光重逢的那天，我稍微想過說不定能跟她重修舊好。可是，為此需要跨越太多難關了，我再三告訴自己最好死了這條心、最好別再跟她聯絡，可是我終究騙不了自己的心。在緣司和心同學的幫助下有所改變，如今才能像這樣跟她並肩而行。

「那間咖啡廳，我們以前很常去。」

「它的豬排三明治超大的。虧妳晚餐前吃得下那種東西。」

「那點量不算什麼吧？是你吃太少了吧？」

「怎麼可能。光是那一份三明治，就不知道有幾座東京巨蛋大。」

「一座都不到好不好！」

她故作正經，激動地吐槽我開的玩笑話。沒錯、沒錯，當時也是這種氣氛。

「你不也一樣，都會點比一般尺寸還要大的咖啡嗎？我才覺得那個有好幾座東京巨蛋那麼大。」

有時由光耍笨。

「沒有巨蛋那麼誇張啦，不過光那杯咖啡似乎就用了五公斤的咖啡豆。」

「什麼！瘋了吧！」

「騙妳的。別信啦。」

我用胡謅的謊言耍笨回去。

天真的光被顯而易見的謊言騙過滿臉通紅，用軟弱無力的拳頭攻擊我。

這樣的相處模式一如既往。

「氣死我了！」

「對不起嘛。哈哈。」

不只一起去過的場所，以及一起走過的路。

我們重現當時的對話與肌膚接觸，以取回分開一年以上的時間。

光上前一步，我沒有詢問目的地，跟在後頭。

即使如此，我大概猜得到下一個要去的地方。

光說過不會回高中，當時回家路上會去的地方都逛得差不多了，說到還沒去過的地方，就只有那裡了。

我並不怎麼渴，不過既然要去那個地方，我想在那之前去自動販賣機買罐果汁風味汽水。

這段時間就像在回憶往昔。假如要重現那段時光，必須要有去那臺自動販賣機買來的果汁風味汽水。

用不著多說，光好像也有同樣的想法。

她走向那臺自動販賣機。

「種類變得不太一樣耶。你要喝什麼？」

「那我喝這個。」

這臺自動販賣機跟以前一樣，有賣兩種可樂。

一種是最樸素的紅色寶特瓶。以前是一百五十日圓，現在漲了十日圓。

另一種是藍色鐵罐。一百三十日圓，容量跟寶特瓶一樣是五百毫升，比較便宜。

高中時期我沒有打工，這麼一點差價累積起來，會是不小的開銷。我以此為藉口，一直都是買罐裝可樂。

其實還有另一個原因。

「你要買罐裝的喔？都有在打工了，買寶特瓶裝的不是比較好嗎？」

的確，要買五百毫升的可樂，最好選有蓋子的寶特瓶裝，這樣還可以帶回家喝。喝可樂容易脹氣，一口氣喝掉五百毫升還挺吃力的。買罐裝的話，回去時不能帶上電車，因此肯定是能蓋緊的寶特瓶裝更好。

然而我沒有選擇寶特瓶，是因為想稍微增加跟光待在這裡的時間。此乃墜入愛河的男高中生小小的掙扎。

拿喝完可樂才能回家當藉口，想要跟她在一起久一點。

這是不擅長表明心意的我特有的做法。

「不，我就要這個。」

「哦～那我也喝這個。」

「不要學我。」

「啥？你少自以為了，是我先決定要買的。」

「先決定要買跟我一樣的對吧？」

「你——好——煩！」

「好痛、好痛，我知道錯了。」

我在自動販賣機前吃了好幾個拳頭，走在光的一步前方邁向眼前的目的地。

這裡是平凡無奇的公園。沒有遊樂設施，只有幾棵大樹和幾張石長椅的公園。

「這裡也好久沒來了。」

「對啊。高中畢業之後就沒再來過了吧？」

「好像是。畢竟這裡什麼都沒有嘛。只有椅子跟樹。」

「確實。應該只有我們會特地坐電車來吧？連住附近的人，應該都只有路過想休息一下時才會進來。」

「或是想跟喜歡的人在一起久一點，去自動販賣機買果汁喝的高中生。」

「……哈哈，被妳看穿了嗎？」

「因為我也一樣。」

「咦……」

「咦什麼咦……」

這種感覺是什麼呢?明明很舒適才對,心臟卻持續高速跳動,令人難受,好複雜的心情。

不過我並不討厭,反而挺喜歡的。

「今天來這個地方,是因為我有話必須對你說。」

來到這裡,終於要進入正題了。

我一直在想要何時開口,沒想到會由光主動開啟那個話題。

老實說,我也認為要講就要選在這裡。

我們的第一步就是始於這裡。若要重新開始,在這個地方比較好,畢竟都特地跑這一趟了。

「我也有話想對妳說。」

「大概是同樣的吧。」

「希望嘍。」

周圍沒有其他人,只聽得見蟬鳴和後面那條河的潺潺流水聲。

記得那天的夕陽也是跟現在一樣的橙色,從樹葉的縫隙間灑落,照亮我們身邊。

「跟妳分手後的那一年,我一直很後悔。」

再也不需要隱瞞了。

把我的想法，曾經有過的想法，一五一十地告訴她吧。

那是當時的我做不到的事，也是促使我和光分手的原因之一。

我想以跟當時不同的姿態，和現在的光重新開始。

「我每天都在想，早知道那個時候就立刻道歉，好幾次都後悔不已。」

「……嗯。」

光只有應聲，沒有多說什麼。想必是因為她看出我想將自己的想法統統告訴她。

「只是個前男友，卻像老媽子似的擔心一堆事，想著妳現在過著什麼樣的生活、跟什麼樣的朋友做什麼樣的事、有沒有開始一段新戀情、有沒有生病、在大學有沒有交到好朋友。很蠢對吧？」

「不會呀。因為我也一樣。」

光握住我的左手，微微一笑。

走了那麼多路理應會流汗，光的手卻光滑又溫暖。我很久沒碰過的手。

跟當時一樣的溫柔觸感。

我們無法透過言語和態度表示的真正心意，也能藉由像這樣握著手輕易傳達。

滿是慈愛之情的心意傳達過來。

什麼都不用說，也能靠這個動作理解一切。吵架時或許就該這麼做。

「我們都分手一年了，已經無法回到那個時候，就算真的復合，肯定也沒辦法順利地走下去，我不知道該用什麼樣的態度跟妳相處，覺得應該沒希望復合。可是，我心裡應該一直想要跟妳重新來過。」

「因為你對自己的心情也很遲鈍嘛。」

「是這樣嗎……？也對，就是因為遲鈍，才會拖這麼久。」

「沒錯。我差不多一個月前就察覺自己的心意了。」

「妳也差不多遲鈍吧？」

「我對別人的心情比你更敏銳好嗎～」

光吐出舌頭嘲笑我。這種乍看之下很惹人厭的部分，我也很喜歡。

「雖說意識到自己的心情，我覺得跟妳復合後，肯定不會順利。假如我跟以前一樣，八成又會因為同樣的原因分手。固執己見，無法傳達真正的想法，遭到誤會。所以，我想等改掉這個毛病，變成更好的人再跟妳說。」

「你比自己想像的更優秀喔。」

「……怎麼突然這樣說？」

「才不突然。因為我一直都這麼想。你對自己的評價一直很低，起初我還以為你在謙虛呢。」

「不不不，我誠心覺得自己是個不怎麼樣的人。眼神凶惡，嘴巴又毒，不好親近，不是妳那種跟誰都能當朋友的類型；不是心同學那種能夠為自己的目標努力的人；也不像緣司那樣能為他人犧牲奉獻。我真的沒什麼優點……」

「你啊……」

「……嗯？」

「可以不要把我喜歡的人說成那樣嗎？」

心同學也說過類似的話。我身邊果然太多好人了。

她將空著的那隻手的手掌朝向上方，擺出無奈的姿勢，嘆了口氣後輕笑出聲。

「不過現在我也還是喜歡你啦。」

「怎麼回事，妳完全沒在藏耶。」

「沒必要藏吧？毫無隱瞞的關係不是很棒嗎？」

「是啊，我也不想再隱瞞任何事。」

「那你可以說了嗎？我一直在等喔？」

我知道該說什麼才好。光信心十足，看起來毫不緊張，與我相握的手卻在發抖，看來我們都很緊張，我不禁失笑。

「那還真是不好意思。」

「好了啦，快一點。」

「……啊——嗯。該怎麼說。在彼此都知道要說什麼的狀態下，反而更難以啟齒耶？要不要先聊點其他話題？」

「不准逃避。」

「遵命……呼……」

身體前傾的光不知何時挺直腰桿。一眼就看得出來她在緊張。

這麼說來我也差不多。對我們來說都是第二次，對象也是同一個人，會不會緊張過頭了？

「啊，有人來了。」

「唔……」

疑似家庭主婦的三位女性，從我們面前經過。

這段期間，我們默默凝視遠方，或是盯著自己的指甲。

那三個人看到我們牽在一起的手，感覺到異樣的緊張感，快步離去。

「快，她們走掉了。」

「我知道，不要催……」

「那是什麼態度！我特地讓你比較好開口耶！」

「這樣反而會害我開不了口啦！妳為什麼不懂！」

「啊——是是是，我的貼心之舉給您造成困擾了！對不起！」

「我又沒有這樣說！該說多此一舉嗎，就那個啦！」

「那個是哪個啦！」

「就是那個啊！」

「「……」」

為什麼我們要在這種時候吵架呢？

「呵呵呵，哈哈哈哈哈！」

「不要笑……」

「因為我們兩個散發出一種快要交往的氣氛，結果居然開始吵架！」

就算吵架了，對現在的我們來說也不成問題。證據就是吵架時，光的右手依舊握著我的左手。

「現在的我們一定沒問題。」

「……對呀。不如說，現在的我能夠順利交往的對象，肯定只有你。」

「我也是，我好像非妳不可。」

「意思是你喜歡我嘍？是這樣沒錯吧？你不說我不知道喔，我很遲鈍。」

「妳剛剛不是才說自己敏銳嗎……」

光開心地笑了一會兒，之後直盯著我。

「我喜歡你。」

被搶先一步了。

「…………我也喜歡妳。」

事情已成定局了吧。

剩下就是說出那句話，然後我們就能重新來過。

拿出我的男子氣概，乾脆地統整成一句話說出口吧。

儘管我不擅言詞，就那麼一句話而已，不算什麼。

害羞只是一時的。

「……我們要不要在一起？」

我鼓足幹勁，卻跟當時一樣用問句告白。

我為不爭氣的自己感到失望，同時有點擔心光會不會也對我失望。不過——

「……要嗎？」

她跟當時一樣，用問句回答問句。

我們就此重新來過。

終章　Connect

我在交友軟體上與前任重逢了。

他——阿祥，和我——明莉的關係，最適合用水火不容形容，見面肯定會吵架。

除了阿祥，我還在交友軟體上跟另一個暱稱緣司的男人配對到。

緣司的外在條件任誰來看都會誇他帥氣，也很懂女人心。

這樣的人誇我可愛，做了許多怎麼看都是對我有意思的行為。

既然如此，我明明大可跟緣司交往，卻怎麼樣都沒辦法選擇他。

理由八成是我還喜歡那個討厭的前男友。

跟阿祥重逢後，不知為何我們並未斷絕聯繫，不是他不小心把我的傘帶回家，約好要找一天見面還我傘，就是在車站巧遇。

如此跟阿祥見過幾次面，我開始意識到我依然喜歡他。可是，我太晚發現了。

阿祥跟他在交友軟體上認識的女生——心露感情很好，心露可愛得跟當紅偶像比起來都毫不遜色。

我不可能贏得過那麼可愛的女生。

透過阿祥的介紹，我跟心露成了好朋友。

她真的是個心地善良的孩子，每次跟她相處，我都會感到悲觀，覺得自己真的比不過她。

而且只要想到我和阿祥在一起心露會難過，我就畏首畏尾的。

我不該再接近阿祥了。

只要選擇緣司，他一定會給我幸福。會成為我引以為傲的男友。

所以，把阿祥交給心露吧。

「告訴我妳真正的想法。」

心露發現我想要放棄阿祥，建議我們都不要放棄喜歡的人，競爭到其中一方被選上為止。

這麼做使得我不想傷害心露的心情更加強烈。

「妳覺得妳贏得了我嗎？所以才退出對吧？少自戀了。妳怎麼可能贏得了我。」

心露彷彿換了個人。然而，我怎麼想都不認為那是她的真心話。

那麼老實善良的孩子，不可能說得出那種話。

這代表心露不惜做到這個地步，也不希望我退出。

我真的不會後悔嗎？思及此，淚水奪眶而出。

我無法接受阿祥跟其他人在一起。

產生自覺時，我已經聯繫阿祥。

日後我才知道，心露是故意扮黑臉挑釁我，想要刺激我。

這是她的妹妹空為了挽回當事人的名譽告訴我的。

果然如我所料。我從來沒看過比她更善良的孩子。

正因為知道真相，我更不能糟蹋她的心意。會出糗也沒關係，會被阿祥甩掉也沒關係，一定要把我的心意傳達給他。

不要留下悔恨。因為我們好不容易才重逢。

＊

異常寬敞的洗手間中，我正在跟大得出奇的鏡子互瞪，獨自和大學畢業後從未打過，搞不清楚打法的領帶奮戰。

陌生的不只領帶。

連西裝本身我都很少穿，覺得腰部附近有點拘束。

「我胖了嗎……？」

肩膀也有點緊，好想趕快脫掉。

平常工作時，我穿的都是相當休閒的服裝，所以這種時候要先調查領帶的打法。

我看著網路上附有圖片的教學打領帶，卻因為理解能力太差而怎麼樣都打不好。

沒辦法，找個人問吧。

幸運的是今天在場的人都穿西裝，大家應該都知道。

不過我都快三十歲了還不會打領帶，還真是有夠丟臉。

怎麼辦？還是別問了？可是不會打領帶，我很困擾……

總之我一面調整領帶，一面走出洗手間，結果跟田中撞個正著。

「前輩，你的領帶歪掉了……不如說，這叫做有繫好嗎？那個結怪怪的。」

「呃，我不太清楚要怎麼打。這個要怎麼弄啊？」

「唉……你真的是年近三十的人嗎？」

「住口，別說了。」

比我小兩歲的田中今年二十四歲，代表我二十六歲了。

田中愁眉苦臉地把手伸向我的領帶，邊教邊幫我繫好。可是就算她教我，以後應該也不太有機會用到，到時又會忘記，只能再去查一次。

「唉喲，我畢竟是做那種工作的，平常不會打領帶。」

「請不要找藉口。領帶的打法屬於一般常識。都這個年紀了還這麼散漫。」

「那是因為妳常打領帶吧？我上班都是便服加圍裙而已。」

「編輯大多是穿便服上班喔。我常借姊姊的連帽外套和運動衫來穿，聞著她的味道工作。」

「做到這個地步已經不只是姊控而是跟蹤狂了妳這變態給我自重點。」

「……再、再說！用不著穿那麼多次正裝，我也知道領帶的打法。請不要把我跟快三十歲還不會打領帶的你相提並論。」

「妳嘴巴真的好毒。可以請妳儘量不要提到年紀嗎？我無法接受現實。」

「有什麼關係，你本來看起來就年紀比較大呀？你今天難得刮了鬍子，但是我太久沒看到你刮鬍子的模樣，有點認不出來，差點以為鬍子才是本體。」

「很多人誇過我適合留鬍子耶……」

「不過，因為沒特別規定就不刮鬍子，我覺得並不值得讚許。不整理好儀容會被討厭喔。」

「被誰？」

「人類。」

「範圍太大了吧？」

「我討厭髒兮兮的人。」

「好的，對不起，明天起我每天都會記得刮鬍子。」

我走在路上，被田中罵得狗血淋頭，門把上掛著金色飾品的大門映入眼簾。

「好像快開始了，不乖乖坐著小心我打你屁屁喔！」

「又不是小孩子。話說心同學呢？她還沒來的樣子。」

田中望向尺寸偏小的手錶確認時間，回頭望向門口。

「來了。時間剛好。」

「天～！對不起，最後一刻才趕到……！」

心同學晃著黑色長髮跑過來，身上的水藍色禮服非常適合她。

她戴著以前我們一起試戴過的圓框眼鏡，變得成熟幾分。

不像當時那樣不敢抬起頭來，現在也完全不會臉紅和吃螺絲。

不如說，因為出現在公眾場合的機會增加了，她應該比我更善於社交。

「心同學，妳好。」

「啊，翔同學！你好！」

大學時期，她從來沒有這麼流暢地跟我打招呼過。

「當紅漫畫家果然很忙。」

「確實沒有你那麼閒。」

「好了，天，翔同學也很忙的。」

「沒姊姊忙啦。明天再交原稿也行呀。」

「沒關係，我想把工作全部做完，神清氣爽地迎接今天。」

心同學成為少女漫畫家。

是以驚人的畫技和故事的真實性為賣點的當紅漫畫家。

最近她的作品還決定拍成真人電影，再加上要畫連載的原稿，田中跟我說她沒什麼時間睡覺。

就算這樣，她也不會表現出疲態，努力不懈的這一點仍舊值得尊敬。我看過心同學工作的模樣，她看起來樂在其中，或許是因為這樣，她才會再忙都不嫌累。

「心——————！」

「哇哇……！」

遠遠看見心同學飛撲而來的人，用電棒捲將留長到肩胛骨附近的頭髮夾捲，綁了兩條低馬尾。粉紅色禮服相當適合她，今天也很可愛。

「光，妳好適合綁雙馬尾！」

「對吧、對吧！代表我還年輕呢～」

「這句話很像三十歲老人會說的。」

「閉嘴。」

她迅速使出一記低踢。跟高中時期一樣，完全沒在控制力道的強勁踢擊，今天也踢散了我的睡意。謝謝您每天早上踢醒我。

田中出言不遜地對我說：「你不也一樣嗎？」光對我投以真心想殺了我的眼神。奇怪，我的人權掉到哪裡去了？總覺得我沒被當成人看待。

「今天是穿禮服，所以沒關係。平常哪有機會綁雙馬尾，至少今天讓我綁一下嘛。

我再也不敢了，等到這件事告一段落，我會乖乖去自首……」

無論妳幾歲，綁雙馬尾都不會被問罪好不好。

「沒關係吧，很適合妳。」

「是、是嗎……？」

光害羞地扭來扭去，主角從屋外探出頭。

「喂喂喂，今天的主角是我和小楓，可以請你們不要放閃嗎？」

「咦？你不是快登場了嗎？不用去做準備嗎？」

「已經準備就緒，現在在等小楓喔。你想想看，女生是穿婚紗嘛，有很多東西需要準備。」

今天是緣司和楓小姐的婚禮。

他們倆在我和光宣布復合的隔天開始交往，簡直就像在等待我們。

「之後大家好好聊聊吧。我有很多事想跟初音同學聊！畢竟我姑且也算登場人物嘛？雖然是路人。」

緣司這麼說著，然後回到化妝室。這時我們還不知道，他等等會在登場的同時喜極而泣。

婚禮圓滿落幕，來賓有的搭計程車，有的坐電車回家。我、光、心同學和田中則跟新人夫婦去續攤。緣司無論如何都希望這幾個人來參加的樣子。

「那麼請妳告訴我——」

緣司帶著不懷好意的表情，雙手交疊。

大家都好奇他想問什麼，緣司從懷裡拿出一本漫畫。

「為什麼只有我是路人！」

啊——那件事啊。

「是一之瀨同學自己說『要怎麼描寫我都無所謂，不管是企圖征服世界的魔王，還是妨礙主角談戀愛的反派角色，什麼都可以』的呀？」

「壞到那個程度總會給人留下印象！可是我的這個角色跟空氣一樣！刪掉也無所謂！我可是暗地裡為小翔費了許多心思喔！」

「是這樣嗎？喜歡女主角的敗犬帥哥，滿容易受到讀者的喜愛……」

令緣司發出悲痛吶喊的，是心同學正在連載的作品。

即將完結的那部漫畫，是以我和光為原型的故事。

角色名稱是大家當時在Connect上使用的暱稱，因此只有極少數的人知道是拿我們當原型。

在我甩掉心同學的砥峰高原上，她提出的最後一個請求就是這個。

——可以讓我把你們的故事畫成漫畫嗎？

於是描寫我們真實經歷的故事就此誕生。心同學當然事先跟登場人物的原型徵求許可了才對，不過緣司還是在這邊鬧脾氣。

「是你自己說要怎麼描寫你都無所謂的吧？不要現在才抱怨啦，漫畫都已經出了，還馬上就要完結，事到如今能怎麼辦。」

「話是這麼說沒錯～……可是我想要更引人注目一點……」

「有什麼關係，我可是前男友的朋友的青梅竹馬這個小配角喔～？第二章以後就從來沒出現過～」

楓小姐又沒見過心同學，這也是無可奈何。

「兩位，對不起……」

「「不會、不會，妳別介意。」」

「那就不要抱怨……」

雖然心同學會直接送我書，她的作品我當然每話都有追，還有買單行本。儘管如此……老實說，看起來很痛苦。

少女漫畫，女主角以光為原型。意即我將作為光的對象登場，可是心同學把我畫得太像王子，又經常說出羞恥的臺詞，一想到這個角色是我自己，就害羞得看不下去。不過我還是會看啦……

「漫畫裡心露對明莉說的那句『妳怎麼可能贏得了我』，一想到由心同學本人說出來的畫面就覺得好好笑……身為知道內情的人，不如說身為當事人，總覺得有點難為情，看不太下去，哈哈哈。」

「別說了，好羞恥……」

「老師，為什麼只有我是路人？用了我的本名卻只有路人角色的待遇，不覺得很過分嗎？」

「因為我聽說你是拿本名當暱稱。而且我有徵求你的同意呀？」

「是沒錯……算了，反正是虛構作品。」

「其中有八成是真實事件。」

心同學畫的漫畫，是以我和光的戀情為原型。

身為當事人，老實說我既害羞又高興。

能讓心同學拿去當題材，我深感榮幸，而且還能幫上她的忙。

考慮到她帶給我的改變，我欠她的恩情可以說怎麼還都還不清。我一直很想幫助她，回報她的恩情。

「光也有看嗎～？」

楓小姐一手拿著威士忌蘇打調酒，摟住光的肩膀。從她的臉色及搖搖晃晃的身體來看，這個醉漢差不多要到極限了。

「當然有看呀。雖然自己變成女主角感覺怪怪的，心會巧妙地加入虛構的情節，劇情引人入勝，畫技又非常高超，我看得很開心。」

「不過妳居然同意了～換成是我一定不能接受，好難為情喔～雖然很榮幸～」

確實，我也是害羞的情緒勝過其他。

如果對方不是心同學，我應該死都不可能同意，再加上我沒料到這部作品會變得如此出名，才會輕易同意。

心同學畫技好，故事本身當然也很有趣。可是我平常不會看少女漫畫，對於暢銷少女漫畫的標準一竅不通，萬萬沒想到心同學的漫畫會成為暢銷作。

畢竟那可是我和光的故事，會懷疑「這種東西會好看嗎？」很正常吧？但是那是因為我身為當事人才會這樣想，在外人眼中在交友軟體上與前任重逢可是一起重大事件，應該也有不少人對前任念念不忘。

這個題材說不定滿容易吸引他人的興趣，得到關注。

然而對我而言，在交友軟體上與前任重逢，起初也是一起重大事件。

光想了一下，笑著回答楓小姐的問題。

「確實會難為情啦，不過能讓好朋友拿去畫漫畫，我很高興。而且……有部分也是因為我想將當時發生的事情以有形的方式記錄下來。因為我再也不想作錯選擇了。」

聽完她的回答，楓小姐直接躺到光的大腿上。

「啊——抱歉。小楓好像撐不住了，我帶她回家喔。」

緣司揹起突然承受不住睡意，墜入夢鄉的楓小姐。由於主角準備先行離開，我們便就此解散。

其實大家本來還想接著去唱ＫＴＶ，不過說實話，我的歌藝並沒有好到能唱給別人聽，所以我鬆了口氣。楓小姐，謝謝妳醉倒了。

「大家再見，謝謝你們今天為我們跑這一趟。」

緣司露出幸福的苦笑。

他能順利將背上的「幸福」帶回家嗎？等等應該有得受了。楓小姐感覺就是那種醒來後會大叫「給我酒～！」的類型。

我們各自踏上歸途。

依然住在老家的心同學，跟田中一起回家了。

她似乎另外租了間用來畫漫畫的工作室，心同學說目前漫畫就是她的另一半，她沒打算搬出去住。我誠心希望未來某一天，她也能遇見好對象。

「那我們也走吧。」

「嗯。」

我們復合後，已經過了五年的時光。這段期間發生了許多事。

緣司去Connect的公司上班，過著一帆風順的生活，甚至還在今天結婚了。令人震驚的是，楓小姐成了介紹酒的直播主。

她直接露臉，在鏡頭前面邊喝酒邊介紹，靠著樸實無華的影片廣為人知。

我也看過她拍的影片……楓小姐大概是在無意識間吸引了男性觀眾。因為那個人超色的……

心同學的夢想成真，出道作拍成真人電影版，第二部作品即將完結，還有人要拍成電視劇，所以她特地來徵求我和光的同意。雖然我早就告訴她用不著每件事都來詢問我們的意願，心同學必定會跟責任編輯田中帶著見面禮，到我和光住的公寓拜訪。

「買完明天要用的食材再回家吧。」

「咦？我不是說了嗎？明天公休一天，所以妳好好休息啦。妳喝了那麼多酒，不要硬撐。」

「啊，對喔～抱歉、抱歉。那我們就沉浸在婚禮的餘韻中，慢慢走回去吧～」

「ＯＫ～我今天也喝了不少。」

我們牽手走在回家的路上。

現在牽手已經不會再讓我心跳加速了。復合時明明那麼緊張，時間一久就會變成這樣嗎？

然而，現在這樣反而會帶給我安心感。

就像理所當然一樣，將來我們應該也會一直像這樣繼續走下去吧。

明天的臨時公休日結束後，又要迎接一如往常的上班日，光負責製作餐點，我負責泡咖啡。

小小間的咖啡廳很難說賺得多，可是我們可以一起做想做的事，開開心心地過日子，目前沒有比這更幸福的生活了，硬要說的話——

「穿婚紗的楓小姐好漂亮。」

「真的！根本就是女神！」

光喝酒後有時會變成辣妹語氣。不過，這個反應跟我期待的有些許差異。

「妳也想穿嗎？」

「嗯～再看看吧？」

我又不小心像以前一樣，試圖試探她了。

「婚禮真好玩。」

「對呀——真想再去參加。」

光大力甩動跟我牽在一起的手，大步前行。

每甩一下，她都會笑得很開心，看到她的笑容，之前作好的覺悟變得更加堅定。

至今以來，認識了好多人。

每次都受到他們的幫助，時而由我伸出援手，這也成了我成長的機會。

全要多虧每一個人的連結。我要懷著對它的感謝，接下來也要繼續做自己。

「下次換我們招待緣司他們吧。」

這句或許可以理解成求婚、模稜兩可的發言，令光用雙手掩住嘴角笑了出來。

「你就那麼想看我穿婚紗嗎？你到底有多廚我啊～」

啊啊，好不容易有那種氣氛，最後又變成這樣。

「啥？才沒有。」

「好了啦，快三十歲的人就別耍傲嬌了！」

「妳不也快三十歲了？」

「啊——！你說了不該對少女說的話——！」

「妳這個年紀不叫少女吧……」

「不准補刀——！」

「好痛！別用低踢攻擊我！」

「連這種程度的攻擊都躲不掉，還想當我老公，你太天真了！」

「妳挑老公的標準是什麼！妳是格鬥家嗎！」

我開始感到不安，一直維持現狀真的好嗎？我確信就算我們上了年紀，變成老爺爺、老奶奶，八成還是會像這樣打打鬧鬧。

頭髮都白了還要被人用低踢攻擊，我可敬謝不敏。骨頭會撐不住。

然而如果老了還能繼續跟她在一起，那也不錯。

「呼……呼……踹你踹得好累。翔，揹我。」

「唉……知道了。」

看來未來我依然會繼續被光當成專用車兼沙包任意使喚。

實在稱不上可喜可賀的結局……不過，就這樣吧。

後記

感謝大家閱讀本作，我是ナナシまる。

本作《交友重逢》的第一集，是在二〇二二年七月出版（註：本文所指為日本當地的販售狀況），但是我為了取材，實際開始使用交友軟體，是在大約一年半之前，使用期間近三年。那段時間我總是想著《交友重逢》過日子，例如煎荷包蛋的時候，翔會跟我一樣灑胡椒鹽，光是加高熱量的沙拉醬，心意外地會加怪東西，楓小姐會淋威士忌蘇打調酒上去，然後被緣司罵……我養成了在不經意間為角色和故事構思的習慣。而《交友重逢》這部作品，也在這本第四集迎來完結。

順利寫完一部作品的成就感、可以暫時不用動腦的解放感，以及持續近三年的活動劃下句點的失落感。我的心情五味雜陳。我透過《交友重逢》認識了許多人，在我心中《交友重逢》成了過於重要的存在。

我不太擅長講嚴肅的話題，謝謝參與製作《交友重逢》的各位、支持《交友重逢》

和我的各位，以及將每個人和我連結在一起的《交友重逢》。我的腦中正在播放畢業歌，沉浸其中。

我打算繼續寫作。既然要讓各位讀者等待新作，我同意新作出版時，各位可以跟新粉絲說：「我前作就是ナナシまる的粉絲了。」對他們曬優越感。請控制在不會沒朋友的程度。

那麼，容我借這個地方向跟《交友重逢》有關的各界人士致謝。

責編K大人，您一直以來都最支持身為作家的我了。

我的健康管理一年比一年差，經常給K大人造成困擾。

最近我能夠在上午起床了，會慢慢變回人類。未來我也會盡情依賴您，給您添麻煩，還請多多關照（給我反省啊）。

負責繪製插圖的秋乃える大人。

老實說我寫《交友重逢》的時候，曾經有好幾次都遇到了瓶頸。那種時候我總會瞻仰您的畫作，維持創作欲。您一直在默默幫助我，今後我也會繼續支持您，我們一起加油吧。

還有校對人員、角川Sneaker文庫編輯部的成員、各家書店的負責人、業務、就我所知協助本書出版的大家，以及閱讀本書的各位讀者，在此致上深深的謝意。

但願能在下一部作品見面。

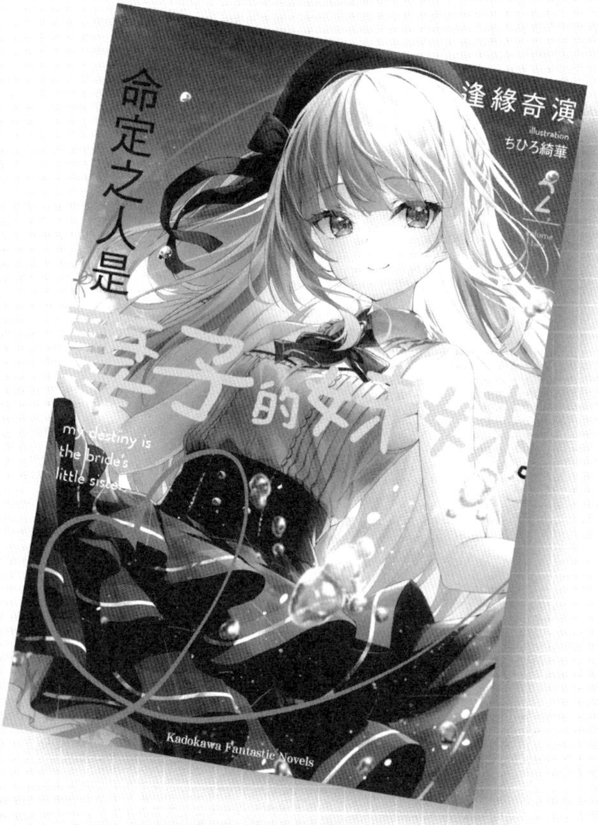

命定之人是妻子的妹妹。 1~2 待續

作者：緣逢奇演　插畫：ちひろ綺華

與妻子和其妹展開的三角戀愛喜劇，
朝令人意想不到的方向大失控！

回想起前世的記憶，導致我情不自禁地當著妻子兔羽的面，與她的妹妹獅子乃接吻……在寒冬中被趕出家門。然而就在此時，兔羽被帶回老家了！我究竟能不能從兔羽那裡取回失去的信任呢？能不能卸除膽小的她心中的銅牆鐵壁，順利迎來有夫妻樣的生活呢？

各 **NT$240/HK$73**

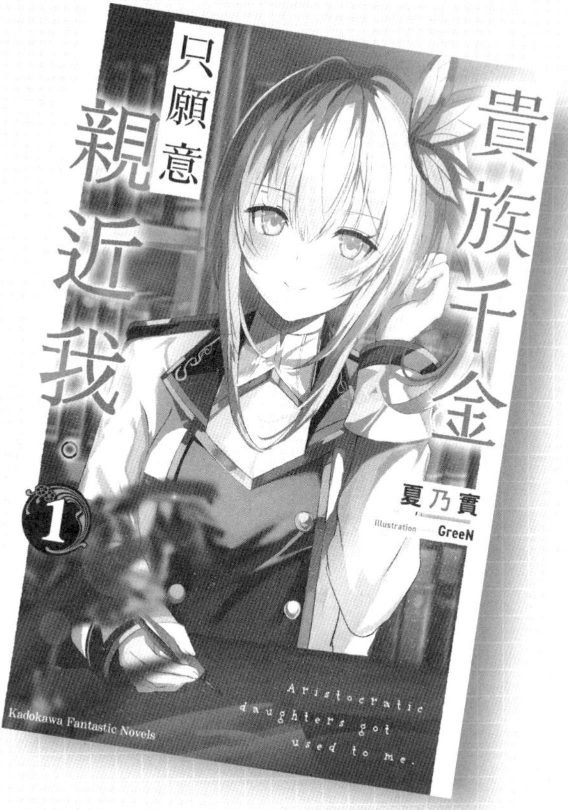

貴族千金只願意親近我。 1 待續

作者：夏乃實　插畫：GreeN

與容貌秀麗且品行高雅的淑女們關係漸漸加深——！
甜蜜的學園戀愛喜劇，就此揭開序幕！

儘管轉生到既富裕又傲慢的貴族家中，我還是留心自己的言行舉止不失現代人應有的風度，也毫不在乎身分差距地體貼對待身邊的人們，結果引得貴族千金露娜主動與我親近。除了她以外，我在貴族學園生活中，還遇到了其他千金小姐和侍女……

NT$260/HK$87

國家圖書館出版品預行編目資料

在交友軟體上與前任重逢了。/ナナシまる作；
Runoka譯. -- 初版. -- 臺北市：臺灣角川股份有限公
司, 2024.06-
冊； 公分. -- (Kadokawa fantastic novels)
譯自：マッチングアプリで元恋人と再会した。
ISBN 978-626-400-082-6(第4冊：平裝)

861.57 113004997

Kadokawa Fantastic Novels

在交友軟體上與前任重逢了。4（完）

（原著名：マッチングアプリで元恋人と再会した。4）

2024年6月11日　初版第1刷發行

作者：ナナシまる
插畫：秋乃える
譯者：Runoka

發行人：台灣角川股份有限公司
總監：呂慧君
總編輯：蔡佩芬
主編：林秀儒
編輯：彭曉凡
設計指導：陳晞叡
美術設計：莊捷寧
印務：李明修（主任）、張加恩（主任）、張凱棋、潘尚琪

發行所：台灣角川股份有限公司
地址：104台北市中山區松江路223號3樓
電話：（02）2515-3000
傳真：（02）2515-0033
網址：www.kadokawa.com.tw
劃撥帳戶：台灣角川股份有限公司
劃撥帳號：19487412
法律顧問：有澤法律事務所
製版：尚騰印刷事業有限公司
ISBN：978-626-400-082-6